شمالی یورپ سے
کچھ افسانے

انتخاب و ترتیب
اشعر نجمی

Bright Books

Shumali Europe Se Kuchh Afsane
by Ashar Najmi
Bright Books, Thane, India
1st Edition : October 2024
ISBN: 978-81-981566-0-0

Bright Books

Mira Road East, Dist. Thane, India
nidabattiwala@gmail.com

فہرست

پیش لفظ

اشعر نجمی

زیر نظر انتخاب کو ایک ذاتی انتخاب سمجھا جانا چاہیے۔ بیشتر تراجم مطبوعہ ہیں لیکن ان میں سے کچھ غیر مطبوعہ بھی ہیں۔ دوسری زبانوں سے اردو میں ترجمہ ہونے والے نثر پاروں کی فہرست کافی طویل ہے جس کی ببلیوگرافی تو بنائی جاسکتی ہے لیکن انھیں ایک جگہ اکٹھا کرنا ایک مشکل کام ہے۔ لہٰذا، ہم زیر نظر انتخاب کو ترتیب دیتے ہوئے اس کی لگام کو اپنی گرفت میں رکھنے پر مجبور تھے۔

اس انتخاب پر کام کرتے ہوئے سینکڑوں کتابیں، رسائل، ویب سائٹس، اخباروں وغیرہ میں سے نثر پارے منتخب کیے گئے تھے لیکن اگر ان تمام کو شامل اشاعت کرلیا جاتا تو شاید دس جلدیں بھی ناکافی ہوتیں، لہٰذا سخت ترین انتخاب کے اصولوں کو وضع کرنے کے بعد جو کچھ ہے، وہ آپ کے سامنے حاضر ہے۔

زیر نظر شمارہ انتخاب میں نئے، پرانے اور بہت پرانے ترجمے بھی شامل اشاعت ہیں۔ مطبوعہ تراجم کا لازمی مطلب ہمیشہ یہ نہیں ہوتا کہ وہ تمام قارئین کی نظروں سے گزرے بھی ہوں، چونکہ ہندوستان میں چھپنے والے بیشتر تراجم کی رسائی پاکستانی قارئین تک نہیں ہو پاتی اور اسی طرح پاکستان میں شائع ہونے والے تمام تراجم ہندوستانی قارئین تک نہیں پہنچ پاتے۔ پھر یہ بھی ضروری نہیں کہ اپنے ہی ملک میں شائع شدہ تمام تراجم بھی ہمارے زیر مطالعہ رہے ہوں۔

ہم نے کوشش کی ہے کہ اس انتخاب میں مصنفین کے علاوہ مترجمین کے بھی مختصر تعارف پیش کیے جائیں کہ انھی کے توسط سے ہم تک دنیا بھر کی زبانوں کے نثر پارے پہنچتے رہے ہیں، ان کے اس احسان سے زبانوں کے علاوہ ثقافتیں بھی ثروت مند ہوتی ہیں اور ہم سب ان کے ایک طرح سے مقروض ہیں۔ پھر بھی کچھ مصنفین اور مترجمین کا تعارف ہمیں نہ مل سکا، لہٰذا ہم کوشش کے باوجود بے بس نظر آئے۔

مسٹر عقلِ کُل

سمرسٹ ماہم (برطانیہ)

ترجمہ: سلیم صدیقی

سمرسٹ ماہم (Somerset Maugham) نے ۲۵ جنوری ۱۸۷۴ء کو پیرس میں انگریزی سفارت خانے میں آنکھ کھولی۔ باپ برطانوی حکومت کا سفارت کار تھا۔ شاہی خاندان سے قرابت داری تھی۔ کنگ ایڈورڈ سے شجرہ نسب جا ملتا تھا۔ کئی نامور وکیل سمرسٹ ماہم کے خاندان میں موجود تھے۔ خاندان کے بیشتر افراد کا تعلق وکالت اور قانون سے تھا۔ سمرسٹ ماہم نے چل پھر کر آدھی دنیا دیکھی اور موضوعات اور مشاہدات کا ایک لامحدود خزانہ یادداشت میں محفوظ کیا اور ناولوں، ڈراموں اور کہانیوں کا ڈھیر لگا دیا۔ ۹۱ سال کی عمر تک پہنچتے پہنچتے انھوں نے تقریباً ۱۰۰ کے قریب ناول، ڈرامے اور کہانیاں لکھیں۔ پہلے ناول اور کئی ڈراموں کے بعد انھوں نے ایک فیصلہ کیا: ''میں نے لکھنے کی طرف سنجیدگی سے اس وقت تک توجہ نہ دی جب تک مجھے ڈرامائی عناصر پر گرفت کا تجربہ عمل نہیں ہوا۔ مجھے اس تجربے نے یہ سکھایا کہ مجھے ہر اس چیز سے چھٹکارا حاصل کرنا چاہیے جو ڈرامائی فضا قائم کرنے میں مددگار ثابت نہیں ہوتی۔'' سمرسٹ ماہم نے بے شمار لکھا، ناول، ڈراما، کہانیاں، فلموں کے اسکرپٹ لکھے، بے شمار دولت کمائی۔ ۱۶ دسمبر ۱۹۶۵ء میں انتقال ہوا۔

'میکس کیلاڈا' کو دیکھنے سے پہلے ہی مجھے ان سے نفرت پیدا ہو گئی تھی۔

ان دنوں جنگ ابھی ابھی ہی ختم ہوئی تھی اور بحری جہازوں پر مسافروں کا زبردست ہجوم تھا۔ ان میں جگہ ملنا بہت مشکل تھی اور ایجنٹوں کی معرفت جو کچھ اور جس قسم کی جگہ مل جاتی، اس کو خوشی یا بددلی سے قبول کرنا

پڑتا۔ جہاز میں ایک آدمی کے لیے پورا کیبن حاصل کرنا تو تقریباً ناممکن تھا اور اسی لیے جب مجھے اپنے ساتھی کے نام کا پتہ چلا تو میری ساری خوشی کافور ہوگئی، کیوں کہ اس نام ہی سے مجھے کیبن کے بند روشن دانوں کے کھلنے اور رات کی تازہ ہوا کے اندر داخل ہونے پر جبری پابندی کا تاثر ملتا تھا۔ سان فرانسسکو سے یوکوہاما کے چودہ دن کے اس سفر میں مجھے کسی دوسرے کی رفاقت سے ویسے بھی کوئی خوشی محسوس نہیں ہو رہی تھی، لیکن اگر میرا ہمسفر کوئی اسمتھ یا براؤن نام کا ہوتا تو پھر بھی صبر آجاتا۔

جب میں جہاز میں داخل ہوا تو معلوم ہوا کہ مسٹر کیلاڈا کا سفری سامان پہلے ہی کیبن میں آچکا ہے۔ مجھے اس سامان کو ایک نظر دیکھنے سے ہی وحشت سی محسوس ہوئی۔ سوٹ کیسوں پر لیبلوں کی بے شمار تعداد تھی اور کپڑوں کا سوٹ کیس تو اتنا بڑا تھا کہ جہاز کا مقابلہ کر رہا تھا۔ ان کے ٹوئیلیٹ [toilet] کا سامان بھی کا کھل کر بکھرا پڑا تھا اور اس کا جائزہ لینے سے مجھے پتہ چلا کہ موصوف خریداری کے معاملے میں موئیو کوٹی [MonsieurCoty] کی شہرہ آفاق فرم کے اسیر ہیں، کیوں کہ واشنگ اسٹینڈ پر اسی کے ہیئر برش اور اسی کا بالوں کا تیل نظر آیا۔ مسٹر کیلاڈا کے آبنوسی برش، جن پر سنہری الفاظ میں فرم کا مونوگرام کندہ تھا، اتنے بڑے تھے کہ ان سے فرش صاف کیا جاسکتا تھا۔ قصہ مختصر مجھے مسٹر کیلاڈا قطعی طور پر نہیں بھائے اور یہی جذبات لیے میں اسموکنگ روم میں داخل ہوگیا۔ میں نے وہاں تاش کی ایک گڈی طلب کی اور پیشنس نامی کھیل کھیلنے لگا۔ ابھی میں نے مشکل سے کھیل شروع ہی کیا تھا کہ ایک آدمی میری طرف بڑھتا ہوا آیا اور کہنے لگا کہ اگر میں غلطی پر نہیں ہوں تو آپ کا نام فلاں فلاں ہے۔

''میرا نام کیلاڈا ہے۔'' انھوں نے مسکرا کر اپنے چمک دار دانتوں کی نمائش کرتے ہوئے اضافہ کیا اور پھر میرے پاس والی نشست پر بیٹھ گئے۔

''اوہ، آپ نے مجھے خوب پہچانا۔ شاید ہم دونوں ایک ہی کیبن کے ساتھی ہیں۔''

''میں تو اس کو اپنا اپنا نصیب کہوں گا کہ کون کس کے ساتھ ٹھہرایا جاتا ہے۔ مجھے یہ سن کر بہت مسرت ہوئی تھی کہ آپ انگریز ہیں۔ انگلش زبان ہم دونوں کے لیے جہاز کے سفر کے دوران یگانگت کا کام کرے گی۔ آپ میرا مطلب سمجھ گئے ہوں گے۔''

میں نے پلکیں جھپکائیں۔ پھر ان سے سوال کیا، جو شاید مجھے نہیں کرنا چاہیے تھا؛ ''کیا آپ بھی انگریز ہیں؟''

''کہتا تو ہوں اپنے آپ کو۔ آپ کو یقیناً امریکن تو محسوس نہیں ہوتا ہوں گا؟ کیوں محترم؟ میں آپ سے ٹھیک ہی کہہ رہا ہوں کہ میں اپنے روئیں روئیں سے ایک برٹش آدمی ہوں۔'' مسٹر کیلاڈا نے اپنے دعوے کے ثبوت میں جیب سے اپنا پاسپورٹ نکالا اور اس کو بڑے فخر کے ساتھ میری نظروں کے سامنے گھمانے لگے۔

کنگ جارج کی رعیت میں واقعی عجیب عجیب مخلوق شامل ہے۔ مسٹر کیلاڈا ایک پستہ قد لیکن مضبوط جسم کے آدمی تھے۔ کلین شیوڈ، کچھ سیاہی مائل جلد، بھری بھری ٹیڑھی سی ناک اور بڑی بڑی چمکدار اور ڈبڈبائی آنکھیں۔ ان کے بال نرم، چکنے اور گھنگریالے تھے۔ وہ جس روانی سے بولتے تھے، اس میں دور دور تک انگلش

زبان کا شبہ نہیں ہوتا تھا۔ پھر ان کی بات چیت کے دوران چہرے، ہاتھوں، بلکہ پورے بدن کی حرکات وسکنات کے برتاؤ میں ایک قسم کی نمایاں مبالغہ آمیزی اور جذباتیت بھی دیکھی جا سکتی تھی۔ مجھے کامل یقین تھا کہ اگر مسٹر کیلاڈا کے پاسپورٹ کا بغور معائنہ کیا جائے تو ثابت ہو جائے گا کہ وہ انگلینڈ کی بجائے کسی دوسرے کھلے نیلے آسمان والے ملک میں پیدا ہوئے ہیں۔

''آپ کیا پینا پسند کریں گے؟'' انھوں نے مجھ سے پوچھا۔

میں نے ان کی طرف بے یقینی سے دیکھا۔ شراب پر ان دنوں پابندی کا قانون لاگو تھا اور اس لیے پورا جہاز اس معاملے میں 'خشک سالی' کا اعلان کر رہا تھا۔ جب میں پیاسا نہیں ہوتا ہوں تو مجھے یہ طے کرنے میں دشواری ہوتی ہے کہ میرا سب سے پسندیدہ مشروب جنجر ایل ہے یا لیمن اسکواش۔ مطلب یہ کہ اس وقت مجھے کچھ اچھا نہیں لگتا ہے، اور یہ اسی تشنہ لبی سے پاک انکار کی گھڑی تھی۔ لیکن مسٹر کیلاڈا نے اس سے پہلے مشرقی انداز کی مسکراہٹ میرے اوپر نچھاور کر ڈالی۔

''وہسکی اینڈ سوڈا یا ڈرائی مارٹینی۔ بس آپ کو بولنے کی دیر ہے۔''

پھر انھوں نے پیچھے کولھوں کی دونوں جیبوں سے ایک ایک الگ بوتل نکال کر میرے سامنے میز پر رکھ دی۔ میں نے مارٹینی کا انتخاب کر لیا۔ اب انھوں نے اسٹیورڈ کو برف کا ٹمبلر اور دو گلاس لانے کو کہا۔

''یہ تو زبردست کاک ٹیل ہے!'' میرے منھ سے نکلا۔

''یہ تو کچھ بھی نہیں ابھی۔ نئی نئی اصلی شرابیں میرے پاس ہیں۔ اور جناب اگر آپ کے دوسرے دوست، احباب جہاز پر ہیں، تو ان سے بس اتنا کہیے کہ آپ کا ایک ایسا دوست ہے، جس کے پاس دنیا کی شرابوں کا سب سے بڑا ذخیرہ موجود ہے۔ باقی ان کو ثبوت فراہم کرنا میرا کام ہے۔''

مسٹر کیلاڈا بڑے باتونی آدمی تھے۔ انھوں نے نیویارک اور سان فرانسسکو کے بارے میں بولنا شروع کر دیا۔ ان کا ذکر ختم ہوا تو فلموں پر تبصرہ کرنے لگے۔ پھر سیاست پر اپنی دسترس ثابت کرنے لگے۔ وہ ایک محبِ وطن آدمی تھے، اس میں کوئی شک نہیں۔ لیکن یونین جیک ایک اہمیت والا کپڑے کا ٹکڑا ہے۔ اس کو کوئی اسکندریہ یا بیروت کا آدمی پُرجوش انداز میں لہرانے لگے تو مجھے خوامخواہ محسوس ہوگا کہ اس کپڑے کے ٹکڑے کی عزت وتوقیر میں کچھ کمی آ گئی ہے۔ مسٹر کیلاڈا کچھ زیادہ بے تکلف بننے کی کوشش بھی کرتے تھے۔ مجھے ہوا پر اڑنے کی عادت نہیں، لیکن کوئی بالکل اجنبی آدمی مجھ سے مخاطب ہو تو مجھے یہی مہذبانہ طریقہ لگتا ہے کہ وہ میرے نام کے آگے مسٹر کا صیغہ لازمی طور پر لگائے۔ مسٹر کلیلاڈا نے بدقسمتی سے میری اس خواہش کا احترام ملحوظ رکھنا بھی ضروری نہیں سمجھا۔ یہی وجوہات تھیں کہ مسٹر کیلاڈا میرے لیے ایک ناپسندیدہ شخص بن چکے تھے۔ جب وہ میرے ساتھ بیٹھے تھے تو میں نے تاش ایک طرف رکھ دیے تھے لیکن اب یہ محسوس کر کے کہ ہماری بات چیت اپنے دورانیے سے بڑھ چکی ہے، میں نے پھر تاش اٹھا لیے اور اپنا کھیل شروع کر دیا۔

''چوے پر تگی استعمال کریں۔'' مسٹر کیلاڈا نے مشورہ دیا۔

اب تاش کے اس کھیل میں خود سے سوچ کر فیصلہ کرنے کا موقع دینے کے بجائے کوئی خوامخواہ اس طرح کے مشورے دینے لگے تو سارے کھیل کا مزہ ہی خراب ہو جاتا ہے۔

''ارے دیکھیے۔۔۔دیکھیے۔۔۔کیا ہو رہا ہے۔غلام پر دہلا چلیے۔'' وہ چیخے۔

دل میں پیچ و تاب کھانے کے بعد میں نے تاش کی گڈی اپنی جگہ واپس رکھ دی لیکن انھوں نے اس کو اٹھالیا۔

''کارڈ ٹرکس میں بھی آپ کو دلچسپی ہے؟''

''نہیں۔اس قسم کے کمالات سے مجھے چڑ ہے۔'' میں نے جواب دیا۔

''پھر بھی میں آپ کو کمال ضرور دکھاؤں گا۔''

اور ایک کی بجائے انھوں نے تین کمالات دکھا ڈالے۔آخر کار میں نے بور ہو کر ان سے کہا کہ میں تو اب ڈرائنگ روم میں کچھ کھانے پینے کے لیے جا رہا ہوں۔

''ارے ضرور ضرور۔'' انھوں نے تاش سمیٹ کر گڈی میں رکھتے ہوئے کہا۔''میں نے وہاں دونوں کے لیے پہلے ہی سے دو کرسیاں ایک ساتھ رکھوانے کا بندوبست کرلیا ہے۔''

میرے دل نے پھر ان کو کوسنا شروع کر دیا۔

اس طرح نہ صرف میں کیبن میں ان کا شراکت دار تھا اور تین وقت روزانہ ان کے ساتھ کھانا کھانے پر مجبور تھا، بلکہ جہاز کے عرشے پر بھی ان کے بغیر جانا میرے لیے محال ہو گیا تھا۔ان سے بے رخی کا مظاہرہ کرنا بھی ناممکن تھا۔دوسری طرف وہ کبھی بھی یہ تسلیم کرنے کو تیار نہیں تھے کہ وہ دردِ سر بن گئے ہیں۔اس کی بجائے ان کا تو ایمان تھا کہ آپ کو ان سے ملنے میں اس بھی زیادہ خوشی ہوتی ہے، جتنی کہ ان کو آپ سے ملنے میں۔ایسا لگتا تھا کہ اپنے گھر میں آپ کی لاتوں، گھونسوں سے تواضع کر کے ان کو دروازے سے باہر کر دیں، تب بھی ان کو یہی یقین رہے گا کہ ان کی حیثیت ایک پسندیدہ مہمان اور دوست کی ہے۔ایک خوبی ان میں یہ تھی کہ ہر کسی سے فوراً ہی گھل مل جاتے تھے اور اسی لیے صرف تین دن میں جہاز کے تقریباً تمام ہی لوگوں سے ان کی واقفیت ہو گئی تھی۔یہی نہیں، جہاز کے کاموں میں بھی انھوں نے مداخلت شروع کر دی۔چاہے کیبنوں، ڈیک وغیرہ کی صفائی ستھرائی کا مسئلہ ہو یا جہاز پر نیلام کا معاملہ، وہ اپنے قیمتی مشوروں کے لیے ہمیشہ تیار۔کھیل کود کے لیے انعامی رقوم وہ اکٹھی کرتے پھر رہے ہیں۔نشانے بازی اور گولف کے مقابلے وہ کرا رہے ہیں۔میوزک کنسرٹ اور فینسی ڈریس بال کے انتظامات میں وہ مصروف ہیں۔وہ جن کی طرح ہر جگہ اور ہر وقت موجود ہوتے تھے۔جہاز پر ان کو 'بہترین قابلِ نفرت آدمی' کے طور پر پہچانا جانے لگا تھا۔اور ہم لوگوں نے طنزاً ان کو 'مسٹر عقلِ کل' کہہ کر ان کے منہ پر پکارنا شروع کر دیا تھا۔ان کو اس میں بھی تضحیک کے پہلو کی بجائے اپنی توقیر و عزت کا پہلو دکھائی دیتا تھا۔وہ سب سے زیادہ ناقابلِ برداشت کھانے کے وقت ثابت ہوتے تھے۔اس تقریباً ایک گھنٹے کے بیشتر حصے میں ہم سب ان کے رحم و کرم پر ہوتے تھے۔اس دوران وہ خوش دلی، ظرافت کے ساتھ زود گوئی اور بحث و تکرار کا اس تواتر سے

مظاہرہ کرتے کہ تنگ آ کر لوگ ان کی بات مان کر ہی اپنا پیچھا چھڑاتے۔ وہ ہر چیز کے بارے میں دوسروں سے زیادہ جانتے تھے۔ اور اگر آپ ان سے کہیں اختلاف کریں تو یہ ان کے خود پسندانہ تفاخر وشان پر ایک رکیک حملے کی حیثیت رکھتا تھا۔ وہ انتہائی غیر اہم موضوع کا اس وقت تک پیچھا نہیں چھوڑتے تھے، جب تک کہ وہ آپ کو قائل نہیں کر لیتے تھے کہ ان کا اس سلسلے میں مؤقف درست ہے۔ ان کے لیے غلطی کرنا ناممکنات میں شامل تھا۔ غرض کہ روئے زمین پر ان سے زیادہ باخبر کوئی بھی آدمی نہ تھا!

اس روز ہم لوگ ڈاکٹر کے سامنے بیٹھے تھے۔ مسٹر کیلاڈا کو اس وقت لن ترانی ہانکنے کی پوری چھٹی ملی ہوئی تھی، کیوں کہ ڈاکٹر اونگھ رہا تھا اور مجھے بھی ان سے بحث ومباحثے میں قطعی کوئی دلچسپی نہیں تھی، لیکن اس وقت وہاں بدقسمتی سے مسٹر رامسے بھی اپنی مسز کے ساتھ بیٹھے ہوئے تھے۔ وہ خود بھی قدامت پسند اور جھکی قسم کے آدمی تھے اور اس وقت ان کو شکل وصورت سے بظاہر ایک غیر ملکی تاجر نظر آنے والے مسٹر کیلاڈا کی لاف زنی اور قطعیت سے بات کہنے کا انداز بالکل بھی پسند نہیں آ رہا تھا۔ چنانچہ ان کے درمیان ہونے والی گفتگو میں جلد ہی میانہ روی کی بجائے برہمی اور زبان درازی کا نہ ختم ہونے والا سلسلہ شروع ہو گیا۔

رامسے امریکن کونسلر سروس سے وابستہ تھا اور 'کوبے، جاپان' میں تعینات تھا۔ وہ مڈل ویسٹ سے تعلق رکھنے والا زبردست ڈیل ڈول کا آدمی تھا، جس کے سخت قسم کے بدن کی جلد کے اندر وافر مقدار میں چربی موجود تھی۔ اس کے بھاری جسم کا یہ حال تھا کہ اپنے ریڈی میڈ کپڑوں کو پھاڑنے کو بے تاب رہتا تھا۔ وہ جاپان میں رہتا تھا۔ وہ جاپان سے امریکہ ہوائی سفر کے ذریعے پہنچا تھا، تاکہ اپنی بیوی کو اپنے ساتھ جاپان لے جاسکے، جو کہ اس وقت اس کے بغیر ایک سال سے نیویارک میں رہ رہی تھی۔

مسز رامسے کچھ چھوٹے قد کی بڑی موہنی سی عورت تھی۔ بہت شائستہ اور ہنس مکھ۔ کونسلر سروس میں تنخواہ وغیرہ بہت ہی کم ملتی ہے، اسی لیے اس کے کپڑے بہت سادہ ہوتے تھے لیکن وہ ان کپڑوں کو پہننے کے سلیقے سے واقف تھی۔ لہٰذا بدلباس ہونے کا طعنہ اس کو نہیں دیا جاسکتا تھا۔ اس کی شخصیت میں ایک قسم کی انفرادیت جھلکتی تھی۔ یوں دیکھنے میں تو مجھے اس کی کوئی مخصوص خوبی نظر نہیں آئی، ایسی خوبی جو کئی دوسری عورتوں میں نہ ملتی ہو۔ لیکن پھر بھی میں نے غور کیا تو مجھے محسوس ہوا کہ رکھ رکھاؤ اور نشست وبرخاست کا وہ مہذبانہ انداز اس میں ملتا ہے، جو اس کے علاوہ دوسری آج کی عورتوں میں مشکل ہی سے ملتا ہے۔ آپ مسز رامسے سے جب بھی ملیں، خاص طور پر اس کی انکساری سے متاثر ہوئے بغیر نہیں رہ سکتے تھے۔ یہ صفت ایسی تھی، جو اس کے کوٹ پر خوب صورت پھول کی طرح اُس کی شخصیت پر بھی سجی رہتی تھی۔

بہر حال، وہ واقعہ والی رات ڈنر کے بعد موضوع اتفاق سے موتیوں کے ذکر کی طرف مڑ گیا۔ اخبارات میں اُن دنوں نقلی موتیوں کے بارے میں بہت کچھ آ رہا تھا، جو جاپانی اپنی ذہانت اور محنت کی وجہ سے بالکل اصلی موتیوں کی طرح بنا رہے تھے۔ ڈاکٹر نے اس پر تبصرہ کیا کہ ان موتیوں کی وجہ سے اصلی موتیوں کی قدر وقیمت کم ہو جائے گی۔ اس کے خیال میں جاپانیوں کے یہ موتی ابھی تک تو محض عمدہ کہلاتے ہیں لیکن بہت جلد

مکملیت کا درجہ حاصل کر لیں گے۔ مسٹر کیلاڈا اپنی عادت کے مطابق فوراً موضوع پر کود پڑے۔ اب انھوں نے موتیوں کے بارے میں معلومات کا خزانہ لفظوں کے ذریعے اُگلنا شروع کر دیا۔ رامسے کو میرے خیال میں اس موضوع کے بارے میں کچھ بھی علم نہیں تھا، لیکن اس غیر ملکی کو وہ بھی اپنی عادت کے مطابق کیوں زیادہ بولنے دیتے۔ چنانچہ انھوں نے بھی زبردستی پنگا لینا شروع کر دیا۔ بس پھر کیا تھا، صرف پانچ منٹ کے اندر ہم گرمیٔ گفتار کے دنگل میں کھڑے تھے۔ میں نے مسٹر کیلاڈا کو کئی بار غصہ کرتے ہوئے الفاظ کے شعلے برساتے ہوئے دیکھا تھا، لیکن آج تو اس کی کوئی حد نہیں تھی۔ پھر آخر میں رامسے کی نہ جانے کون سے بات ان کے دل کو تیر کی طرح لگی کہ انھوں نے میز پر غصے میں گھونسا مارا اور چیخ چیخ کر کہنے لگے: ''آپ کو معلوم ہونا چاہیے کہ میں کوئی بے وقوف آدمی نہیں۔ میں جس موضوع پر بات کر رہا ہوں، اس کے بارے میں مجھے اچھی طرح پتہ ہے۔ میں جاپان جا ہی اس لیے رہا ہوں کہ وہاں کے موتیوں کے کاروبار کا جائزہ لوں۔ میں عرصے سے اس تجارت سے وابستہ ہوں اور اس پیشے سے تعلق رکھنے والا ہر بڑا چھوٹا تاجر گواہی دے گا کہ اس کاروبار میں میرا کہا ہوا ہر لفظ حرفِ آخر ہوتا ہے۔ میں دنیا کے تمام قیمتی موتیوں کے بارے میں مکمل طور پر جانتا ہوں اور جن کے بارے میں نہیں جانتا، تو سمجھ جائیے کہ ان کی ٹکے کی بھی قیمت نہیں۔''

مسٹر کیلاڈا نے غصے میں اس وقت جو کچھ کہا، وہ ہمارے لیے بھی ایک خبر کی حیثیت رکھتا تھا، کیوں کہ ہر روز گھنٹوں اپنی گفتگو کا سلسلہ جاری رکھنے کے باوجود انھوں نے کبھی یہ کسی کو نہیں بتایا تھا کہ آخر وہ کون سا کاروبار کرتے ہیں۔ البتہ ہمیں بس تھوڑا سا یہ اندازہ ضرور ہوا تھا کہ وہ کسی تجارتی مشن پر نکلے ہیں۔ بہرحال، اپنی غضب ناکی کا مظاہرہ کرنے کے بعد اب وہ ایک فاتحانہ انداز میں میز کے اطراف کا جائزہ لے رہے تھے۔

''یہ جاپانی کوئی بھی ایسی نقلی موتی نہیں بنا سکتے ہیں، جس کے بارے میں آنکھ بند کر کے نہ بتا سکوں کہ یہ دو کوڑی کا ہے۔'' پھر مسٹر کیلاڈا نے ایک طرف مسز رامسے کے پہنے ہوئے موتیوں کے گلے کے ہار کی طرف اشارہ کرتے ہوئے کہا۔ ''مسز رامسے میرے الفاظ یاد رکھیے کہ آپ کے موتیوں کے انمول ہار کی قیمت جو آج ہے، اس میں ایک سینٹ بھی کمی نہیں ہوگی۔''

مسز رامسے بے چاری کو اپنے ہار کے اس اچانک ذکر پر بڑا حجاب محسوس ہوا اور انھوں نے خفت مٹانے کے لیے انکساری سے آہستہ آہستہ اس ہار کی چین کو اپنی پوشاک میں ڈھکنا شروع کر دیا۔ رامسے اس دوران آگے کو جھکا اور پھر ہم لوگوں کو چاروں طرف دیکھنے کے بعد اس کی آنکھوں میں مسکراہٹ دوڑنے لگی۔

''یہ میری بیوی کے خوبصورت ہار کا ہی ذکر ہو رہا ہے نا؟''

''جی ہاں۔ میں نے ایک نظر اس پر ڈالتے ہی اندازہ کر لیا تھا کہ یہ اصلی بیش قیمت موتیوں کا ہار ہے۔'' مسٹر کیلاڈا نے اپنی بات کو دہراتے ہوئے کہا۔

''جی۔ میں نے خود اس کو نہیں خریدا تھا، لیکن میرا آپ سے سوال ہے کہ اس کی قیمت کیا ہوگی؟''

''اوہ! یہ ایک ٹیڑھا سوال کر دیا۔ لیکن میرا جواب ہے کہ جان پہچان کے کاروباری مراکز پر کوشش

کرنے سے یہ پندرہ ہزار ڈالر میں حاصل کیا جا سکتا ہے لیکن اگر یہ ففتھ ایونیو میں خریدا گیا ہے تو تیس ہزار تک بھی قیمت دی گئی ہے تو اس میں کوئی حیرت کی بات نہیں۔''

''تو آپ کو حیرت ہوگی محترم، کہ ہمارے نیویارک سے روانہ ہونے سے ایک دن پہلے میری بیوی نے ایک ڈپارٹمینٹل اسٹور سے اس کو صرف اٹھارہ ڈالر میں خریدا تھا۔''

رامسے فاتحانہ انداز میں ان سے مخاطب ہوا۔ مسٹر کیلاڈا کا چہرہ سرخ ہو گیا۔ انھوں نے اپنے دعوے میں اور زیادہ وزن دیتے ہوئے کہا؛ ''میں ماننے کو تیار نہیں۔ نہ صرف اس کے موتی سچے ہیں، بلکہ ہار کی بناوٹ بھی اعلیٰ معیار کی ہے۔ اس ہار کے جعلی ہونے کا سوال ہی پیدا نہیں ہوتا۔''

''تو آپ اس پر شرط لگانے کو تیار ہیں؟ میں تو سو ڈالرز کی شرط لگانے کو تیار ہوں کہ یہ ہار نقلی ہے۔'' رامسے نے بحث سمیٹتے ہوئے چیلنج کیا۔

''مجھے منظور ہے۔'' مسٹر کیلاڈا نے چیلنج کو فوری طور پر قبول کر لیا۔

''اوہ ایلمر! ایک چیز، جو حقیقت ہے، اس پر شرط لگانے کی کیا ضرورت ہے؟''

اب مسز رامسے اپنے شوہر سے مخاطب تھیں۔ ان کے لبوں پر خفیف سی مسکراہٹ اور لہجے میں محبت آمیز سرزنش شامل تھی۔

''واہ! شرط لگانے کی کیوں ضرورت نہیں ہے؟ اگر مجھے مفت میں کچھ رقم حاصل کرنے کا سنہرا اور یقینی موقع مل رہا ہے، تو فائدہ نہ اٹھاؤں تو بے وقوف ہی کہلاؤں گا۔''

''لیکن شرط کا فیصلہ کس طرح ہوگا۔ ابھی تو یہ میری جانب سے میرے شوہر اور مسٹر کیلاڈا کے زبانی دعوؤں کا ہی آپس کا مقابلہ ہے۔''

''مجھے آپ موتیوں کی لڑی اتار کر صرف ایک نظر دیکھنے دیں۔ اگر یہ نقلی ہوئی تو میں فوری طور پر تسلیم کر لوں گا۔ سو ڈالرز ہارنے میں مجھے ایسی کوئی پریشانی نہیں ہوگی۔'' مسٹر کیلاڈا نے مسز رامسے کو نرمی سے جواب دیا۔

''ڈیئر۔ اب تم ایسا کرو کہ چپکے سے اپنا ہار اتار دو اور ان محترم کے حوالے کر دو، تا کہ جتنی دیر چاہے یہ اس کا معائنہ کر لیں۔'' مسٹر رامسے نے اپنی بیوی کو ایک طرح سے ہدایت دی۔

''مجھ سے نہیں اتارا جائے گا۔ مسٹر کیلاڈا میرے الفاظ پر ہی اعتبار کر لیں تو بہتر ہے۔''

مجھے لگ رہا تھا کہ اب کوئی بڑا ہنگامہ کھڑا ہونے والا ہے، لیکن سوائے خاموش رہنے کے میں کیا کر سکتا تھا۔

''اچھا تو میں اتار دیتا ہوں۔'' رامسے کے لیے اب مزید برداشت کرنا مشکل ہو گیا تھا۔ چنانچہ اس نے تیزی سے اٹھ کر اپنی بیوی کے گلے سے ہار اتار کر مسٹر کیلاڈا کے ہاتھوں میں دے دیا۔ اس اجنبی دیس کے باسی نے اپنی جیب سے محدب شیشہ نکالا اور بغور اس کا معائنہ کرنے لگا۔ پھر ایک فاتحانہ مسکراہٹ ان کے چکنے، سیاہی

مائل چہرے پر پھیل گئی۔ انھوں نے لڑی واپس کر دی اور کچھ بولنے کو ہی تھے کہ اچانک ان کی نظر مسز رامسے کے چہرے سے جا ٹکرائی۔ وہ اس وقت بالکل سفید پڑا ہوا تھا اور لگتا تھا کہ وہ غش کھا کر گرنے والی ہیں۔ ان کی کھلی کی کھلی خوفزدہ آنکھیں مسٹر کیلا ڈا کے اوپر جمی ہوئی تھیں، جن میں رحم کی گڑگڑاتی التجا شامل تھی۔ ان کی منت وسماجت گزاری کا خاموش انداز اتنا واضح تھا کہ مجھے تعجب ہوا کہ ان کو کیوں محسوس نہیں کیا۔

بہرحال، مسٹر کیلا ڈا کے الفاظ کھلے منھ میں پھنسے کے پھنسے رہ گئے۔ ان کا چہرہ متغیر ہو گیا تھا۔ ایسا لگتا تھا کہ اپنے اوپر قابو پانے کے لیے انھیں اتنی محنت کرنی پڑتی تھی کہ جتنی کسی اونچے پہاڑ کے چڑھنے میں۔

''مجھ سے واقعی غلطی ہو گئی۔ یہ ایک بہترین نقلی ہار ہے۔ دور سے یہ مجھے بالکل اصلی لگ رہا تھا، لیکن محدب شیشہ سے دیکھنے کے بعد مجھے اس کے نقلی ہونے میں کچھ بھی شبہ نہیں۔ میرے خیال میں اس کی قیمت واقعی اٹھارہ ڈالر سے زیادہ نہیں۔'' یہ کہہ کر مسٹر کیلا ڈا نے اپنی پاکٹ بُک نکالی اور اُس میں سے سو ڈالر کا نوٹ نکال کر کوئی بھی لفظ کہے بغیر مسٹر رامسے کو پیش کر دیا۔

''شاید اس طرح آپ کو سبق ملے گا کہ کسی مسئلے کے بارے میں بھی ہٹ دھرمی کی حد تک اپنی رائے کو درست نہیں سمجھنا چاہیے۔'' مسٹر رامسے نے بغیر کسی ہچکچاہٹ کے شرط میں جیتی ہوئی یہ رقم قبول کر لی۔

میں نے محسوس کیا کہ مسٹر کیلا ڈا کے ہاتھ اس دوران شدت جذبات سے کانپ رہے تھے۔

تمام کہانیوں کی طرح یہ سچی کہانی بھی پورے جہاز پر فوری طور پر پھیل گئی اور مسٹر کیلا ڈا کو شرمندگی اور خفت مٹانے کے لیے بات کو ہنسی ہنسی میں ٹالنے کے نت نئے جتن کرنے پڑ رہے تھے۔ سب لوگوں کو اپنی آنکھ سے مسٹر کیلا ڈا جیسے خود ساختہ عالم و دانش مند کے دعوے کو یکسر غلط ثابت ہونے کا خود ان کے اقرار کے ذریعے مشاہدہ کرنے کا موقع ملا تھا۔ اور کون ایسا آدمی تھا، جو ان کے منھ پر ان کا ٹھٹھول اڑاتا نظر نہیں آ رہا تھا۔ آخر اتنے دن کے بعد تو لوگوں کو اس ناپسندیدہ اور باتونی آدمی سے تھوڑا بہت انتقام لینے کا موقع ملا تھا۔ لیکن عجیب بات تھی کہ مسز رامسے اپنے شوہر کی فتح کے جشن میں زیادہ دیر شامل نہیں ہوئیں اور سر درد کی شکایت کرتے ہوئے اپنے کیبن میں چلی گئیں۔

دوسری صبح میں نیند سے بیدار ہو کر شیو میں مصروف ہو گیا۔ مسٹر کیلا ڈا اس دوران اپنے بستر پر پڑے سگریٹ پی رہے تھے۔ اتنے میں اچانک مجھے کسی چیز کی سرسراہٹ سنائی دی اور پھر میں نے کوئی خط دروازے کی تہہ میں نمودار ہوتے دیکھا۔ میں نے دروازہ کھولا اور اِدھر اُدھر دیکھنے لگا لیکن وہاں کوئی بھی نظر نہیں آیا۔ میں نے یہ خط اٹھا لیا اور ایک نظر ڈالنے پر مجھے پتہ چل گیا کہ مسٹر کیلا ڈا کے لیے ہے، کیوں کہ ان کا نام بڑے بڑے حروف میں تحریر تھا۔ چنانچہ میں نے یہ خط ان کے حوالے کر دیا۔

''کون بھیج سکتا ہے یہ خط؟'' مسٹر کیلا ڈا نے تعجب سے خط کھولتے ہوئے کہا۔ پھر ان کے منھ سے استعجابیہ کلمہ 'اوہ' نکل پڑا۔

لفافے سے انھوں ں نے جو چیز کھینچ کر نکالی، وہ کوئی خط نہیں تھا، بلکہ سو ڈالر کا نوٹ تھا۔ انھوں نے

میری طرف دیکھا، اور اس دوران ایک طرح کی سرخی ان کے چہرے پر دوڑ رہی تھی۔ پھر انھوں نے خالی لفافہ ٹکڑوں ٹکڑوں میں چاک کر دیا اور ان کو میرے حوالے کر کے کہنے لگے: ''اگر زحمت نہ ہو تو یہ ٹکڑے روشن دان کے ذریعے سمندر میں پھینک دیں۔''

میں نے ان کے کہنے پر عمل کیا اور پھر ان کی طرف مسکراہٹ سے دیکھنے لگا۔

''محترم۔ کوئی شخص بھی بڑا احمق بننا یا کہلانا پسند نہیں کرتا ہے۔'' ان کی آواز میں بدستور ٹھہراؤ اور اعتماد شامل تھا۔

''اچھا مجھے تو راز میں لے کر بتا دیں کہ یہ موتی اصلی تھے یا نقلی۔'' میں نے بدستور مسکراتے ہوئے ان سے پوچھا۔

''اس کا جواب صرف یہ ہے کہ اگر میری بیوی اتنی حسین و جمیل ہوتی اور کم تنخواہ پر میری پوسٹنگ جاپان کے شہر 'کوبے' میں ہوتی تو میں اس کو کم از کم ایک سال کے طویل عرصے تک تو نیو یارک میں تنہا نہیں چھوڑتا۔'' مسٹر کیلاڈا نے ایک ایک لفظ پر زور دیتے ہوئے مجھے جواب دیا۔

اور اس لمحے میرے دل میں مسٹر کیلاڈا کے لیے ناپسندیدگی کی بجائے انتہائی والہانہ عقیدت و احترام کے جذبات مچل رہے تھے، جب کہ وہ میری طرف دیکھنے کی بجائے اپنی جیب سے پاکٹ بک نکالنے اور اس میں سو ڈالر کا نوٹ دوبارہ رکھنے میں مصروف تھے۔

ایک ہاتھی کا شکار

جارج آرویل (برطانیہ)

ترجمہ: سید سعید نقوی

جارج آرویل ۱۹۰۳ء میں بنگال کے شہر ماتیھری (Matihari) میں پیدا ہوئے۔ ان کی پیدائش کے بعد ان کا خاندان انگلستان منتقل ہو گیا۔ انڈین امپیرل پولیس کی طرف سے برما میں پانچ سال (۱۹۲۲ء سے ۱۹۲۷ء تک) ملازمت کی۔ ۱۹۲۷ء میں واپس انگلستان آئے اور ملازمت چھوڑ کر پیرس چلے گئے جہاں انھوں نے کتابیں لکھنا شروع کر دی۔ ۱۹۲۹ء۔ ۱۹۳۵ء کے درمیانی عرصہ میں ایک پرائیویٹ اسکول میں پڑھاتے رہے اور صحافت سے منسلک رہے۔ ۱۹۳۵ء میں واپس انگلستان آ گئے۔ کچھ عرصہ پولٹری فارم اور ہوٹل چلاتے رہے۔ پھر ایک اسٹور پر کام کرتے رہے۔ اسی دور میں ان کا پہلا کام سراہا جانے لگا۔ ۱۹۳۶ء میں شادی کی اور اسپین چلے گئے۔ ایک قاتلانہ حملے میں اسے گولی لگ گئی اور وہ واپس انگلستان آ گئے۔ میڈیکلی ان فٹ ہونے کی بنا پر دوسری جنگ عظیم میں نہ لڑ سکے۔ بی بی سی انڈیا پر اردو میں خبریں پڑھتے رہے۔ جنگ کے خاتمے پر وہ ادب میں دوبارہ واپس آئے۔ ان کی بیوی ایک معمولی سے آپریشن میں وفات پا گئی۔ آرویل نے ایک لڑکے کو گود لیا۔ آخری وقتوں میں وہ بہت بیمار رہے۔ انھیں ٹی بی ہو گئی تھی۔ اسی عرصہ میں انھوں نے دوسری شادی کر لی۔ ۲۳ جنوری ۱۹۵۰ء میں فوت ہو گئے۔ انھیں ان کی وصیت کے مطابق انگلستان کے ایک گاؤں کے گرجا گھر میں دفن کیا گیا۔

زیریں برما کے علاقے مولمین میں لوگوں کی ایک بہت بڑی تعداد مجھ سے نفرت کرتی تھی۔ زندگی کا یہ واحد دورانیہ تھا جب مجھے اتنی اہمیت حاصل تھی کہ ایسا ممکن ہوتا۔ میں قصبہ کا سب ڈویژن افسر تھا، یورپی باشندوں

کے خلاف ایک بے تکی، احمقانہ سی جذباتیت عام تھی۔ کسی میں اتنی جرأت تو نہیں تھی کہ بلوہ کرتا، لیکن اتنا ضرور تھا کہ اگر کوئی سفید فام عورت، تنہا، بازار سے گزرے تو شاید کوئی اس کے لباس پر پان کی پچکاری ضرور ڈال دیتا۔ ایک پولیس افسر کی حیثیت سے، میں ایک آسان نشانہ تھا، اور اگر کوئی خطرہ مول لیے بنا ممکن ہو، تو وہ مجھے دانہ ڈالنے کی پوری کوشش کرتے۔ جب ایک پھرتیلے برمی نے فٹ بال کے میدان میں مجھے تنگوڑی دی، اور ریفری جو خود بھی برمی تھا، اس نے اس بات کو نظرانداز کیا تو مجمعے نے دل کھول کے قہقہے لگائے۔ ایسا کئی بار ہوا۔ بالآخر اطراف میں بکھرے طنز سے پیلے چہرے، اور ایک محفوظ فاصلے سے کسی جانے والی پھبتیاں، میرے اعصاب پر سوار ہونے لگیں۔ نوجوان بدھ بھکشو تو سب سے زیادہ برے تھے۔ یہ قصبے میں ہزاروں کی تعداد میں موجود تھے۔ لگتا تھا کہ گلی کے نکڑ پر کھڑے ہو کر یورپی لوگوں کا تمسخر اڑانے کے علاوہ ان کے پاس اور کوئی کام نہیں تھا۔

یہ سب حیران کن اور پریشانی والی باتیں تھیں، کیوں کہ میں تو پہلے ہی اس نتیجے پر پہنچ چکا تھا کہ سامراجیت ایک شیطانی کھیل ہے اور جتنی جلد ممکن ہو مجھے نوکری چھوڑ کر نکل جانا چاہیے۔ کم از کم نظریاتی طور پر تو میں بھی اندر سے برما کے ساتھ تھا اور ان کے جابر، انگلستان، کا مخالف۔ جہاں تک میری ملازمت کا سوال ہے تو میں اس سے اتنا متنفر تھا کہ بیان نہیں کر سکتا۔ اس قسم کی نوکری میں آپ سلطنت کی لعنتی چالوں کو بہت قریب سے دیکھ سکتے ہیں۔ بدبودار قید خانوں میں بدنصیب قیدیوں کا جم غفیر، لمبی قید پانے والوں کے سہمے، عمر رسیدہ سے چہرے، بید کے نشان سے زخمی کولھے، یہ سب چیزیں مجھے ایک ناقابل برداشت احساس جرم میں گرفتار رکھتیں، لیکن میں چیزوں کو صحیح تناظر میں نہیں دیکھ پا رہا تھا۔ میں نوجوان تھا، کم تعلیم یافتہ۔ اور مجھے اپنے مسائل اسی مکمل خاموشی میں سوچنے تھے جو مشرق جانے والے ہر برطانوی پر مسلط کی جاتی ہے۔ مجھے ذرہ برابر خبر نہیں تھی کہ سلطنت برطانیہ کا سورج غروب ہو رہا تھا۔ میں کیا جانتا تھا کہ یہ پھر بھی ان نئی سلطنتوں سے بہتر ہے جو اس کی جگہ لینے والی ہیں۔ میں تو صرف اتنا جانتا تھا کہ میں جس سلطنت کا ملازم ہوں، اس سے نفرت اور ان شیطان خصلت کے پستہ قد درندوں کے درمیان پھنس گیا ہوں جو میرا کام ناممکن بنانے کی سعی کر رہے تھے۔ اپنے ذہن کے ایک حصے میں میرے نزدیک برطانوی راج ایک ناقابل شکست، مطلق العنان حاکمیت تھی، جیسے شکست خوردہ لوگوں کی رضا برسہا برس کے لیے کسی شکنجے میں جکڑ گئی ہو۔ دوسری طرف میں سوچتا تھا کہ دنیا کا سب سے لطف انگیز کام یہ ہوگا کہ کسی بدھ بھکشو کی انتڑیوں میں سنگین گھونپ دی جائے۔ سامراجیت اسی قسم کے جذبات پیدا کرتی ہے، چاہو تو کسی بھی اینگلو انڈین افسر سے پوچھ لو، اگر وہ کبھی ڈیوٹی سے فارغ مل جائے تو!

ایک دن کچھ ایسا ہوا جس نے بالواسطہ کئی پردے اٹھائے۔ خود اپنی ذات میں تو یہ ایک معمولی سا واقعہ تھا، لیکن پہلے کے مقابلے میں اس سے مجھے سامراجیت کی اصل فطرت کو سمجھنے میں مدد ملی کہ استبدادی قوتوں کا اصل ہدف کیا ہوتا ہے۔ ایک دن علی الصبح، قصبے کے دوسرے کونے سے ایک پولیس سب انسپکٹر نے مجھے فون کیا کہ ایک ہاتھی بازار کو پامال کیے دے رہا ہے۔ کیا میں وہاں آ کر کچھ کر سکتا ہوں؟ میری سمجھ میں نہیں آیا کہ میں کیا کر سکتا ہوں، لیکن میں ضرور دیکھنا چاہتا تھا کہ ہو کیا رہا ہے، لہٰذا ایک گھوڑے پر سوار ہو کر چل دیا۔ میں نے اپنی پرانے اعشاریہ چار چار کی ونچسٹر بندوق ساتھ لے لی، جو ایک ہاتھی کو مارنے کے لیے بہت چھوٹی تھی، لیکن میں نے سوچا

شاید اس کی آواز ہی اسے دہشت زدہ کردے۔ راستے میں مجھے کئی برمیوں نے ہاتھی کی کارستانیوں سے آگاہ کیا۔ یہ یقیناً کوئی جنگلی ہاتھی نہیں تھا، بلکہ ایک سدھایا ہوا ہاتھی تھا جو 'مست' ہو گیا تھا۔ جب کوئی سدھایا ہوا ہاتھی مست ہونے والا ہو تو اسے زنجیروں سے باندھ کے رکھتے ہیں، اسے بھی زنجیریں ڈال دی تھیں، لیکن گزشتہ رات یہ انھیں توڑ کر بھاگ نکلا تھا۔ اس کا مہاوت، وہ واحد آدمی جو اسے اس حالت میں قابو کر سکتا تھا، اس کے تعاقب میں نکلا، مگر غلط راستے پر جا نکلا اور اب کم از کم بارہ گھنٹے دور تھا، اور اب صبح ہاتھی اچانک قصبہ میں دوبارہ نمودار ہو گیا تھا۔ برمی آبادی کے پاس کوئی ہتھیار نہیں تھا اور وہ اس کے سامنے بے بس تھے۔ وہ پہلے ہی کسی کی بید کی جھونپڑی توڑ چکا تھا، ایک گائے مار چکا تھا، پھلوں کے کئی ٹھیلوں پر حملہ کر کے ان کا مال نگل چکا تھا، اور جب اس کا بلدیہ کی کوڑا اٹھانے والی گاڑی سے سامنا ہوا، تو ڈرائیور تو بھاگ نکلا لیکن ہاتھی نے وین الٹ دی اور اسے بہت نقصان پہنچایا۔

مقامی سب انسپکٹر اور کچھ ہندوستانی کانسٹبل اس جگہ میرا انتظار کر رہے تھے جہاں ہاتھی دیکھا گیا تھا۔ یہ ایک بہت غریب محلہ تھا۔ بانس کی گندی جھونپڑیوں کی ایک بھول بھلیاں، پالم کے پتوں سے اس کی چھت بھری، ایک اونچی پہاڑی پر چڑھ رہی تھیں۔ مجھے یاد ہے یہ بارشوں کے آغاز کی ایک ابر آلود، حبس زدہ صبح تھی۔ ہم نے لوگوں سے ہاتھی کی جائے وقوع کے بارے میں پوچھ گچھ شروع کی، لیکن معمول کے مطابق کوئی حتمی بات نہ معلوم ہو سکی۔ مشرق کا یہی وطیرہ ہے۔ دور سے ہر چیز واضح معلوم ہوتی ہے، لیکن جیسے جیسے جائے واردات سے نزدیک ہوتے جائیں، چیزیں مبہم ہو جاتی ہیں۔ کچھ لوگوں نے بتایا کہ ہاتھی اس سمت میں گیا ہے، تو دوسروں نے اس کی دوسری سمت بتائی، کچھ نے تو یہ بھی تسلیم کیا کہ انھوں کسی ہاتھی کے بارے میں کوئی بات سنی ہی نہیں۔ میں نے اپنی ذہن میں فیصلہ کر لیا تھا کہ یہ سب ایک جھوٹی داستان ہے کہ ذرا فاصلے سے چیخ و پکار کی آوازیں آنے لگیں۔ ایک دہشت زدہ چلانے کی آواز "جاؤ، چلے جاؤ بچے، ابھی فوراً نکلو یہاں سے!" اور ساتھ ہی ایک بوڑھی عورت ہاتھ میں ایک قمچی تھامے ایک جھگی کے کونے سے ننگ دھڑنگ بچوں کو ہنکاتی نمودار ہوئی۔ اس کے عقب میں کچھ اور خواتین بھی اونچی آواز میں بڑبڑاتی نمودار ہوئیں۔ وہاں کوئی ایسی چیز موجود تھی جو بچوں کو نہیں دیکھنی چاہیے تھی۔ میں نے جھگی کا معائنہ کیا تو اس میں ایک شخص کی لاش زمین پڑی ہوئی نظر آئی۔ یہ ایک ہندوستانی تھا، دراوڑی قلی، تقریباً برہنہ، اسے مرے ہوئے زیادہ وقت نہیں گزرا تھا۔ لوگوں نے بتایا کہ ہاتھی اچانک ہی جھگی کے عقب سے اس کے سامنے آ گیا تھا۔ اس کو سونڈ میں پکڑ کر زمین پر پھینکا اور اس کو اپنے پاؤں سے روند دیا۔ یہ بارشوں کا موسم تھا اور زمین بہت نرم تھی، اس کے چہرے نے زمین میں کئی فٹ گہری اور کئی گز لمبی خندق سی کھود دی تھی۔ وہ اپنے پیٹ کے بل پڑا تھا، اس کے ہاتھ مصلوب تھے اور گردن ایک طرف کو ڈھلک گئی تھی۔ اس کے چہرے پر مٹی کی تہہ جمی تھی، آنکھوں کے ڈھیلے نکل پڑے تھے، بھنچے ہوئے دانت ناقابل برداشت اذیت کی داستان سنا رہے تھے۔ ویسے مجھے یہ مت بتایا کرو کہ مرنے والے بہت پرسکون لگتے ہیں۔ میں نے تو جتنی بھی لاشیں دیکھی ہیں، سب خوفناک ہی لگتی ہیں۔ ہاتھی کے پاؤں کی رگڑ سے اس کی پشت کی کھال ایسے ادھڑ گئی تھی جیسے

کوئی خرگوش کی کھال اتارتا ہے۔ میں نے جیسے اس کی لاش دیکھی تو فوراً اردلی کو ایک نزدیکی دوست کے پاس بھیجا کہ جا کر ہاتھی مارنے کی رائفل لے آئے۔ گھوڑا میں نے پہلے ہی واپس بھیج دیا تھا، میں نہیں چاہتا تھا کہ ہاتھی کی خوشبو سونگھتے ہی وہ خوف سے بدک کر مجھے پیٹھ سے اتار پھینکے۔

اردلی جلد ہی رائفل اور پانچ کارتوسوں کے ساتھ واپس آ گیا۔ اسی دوران چند برمی وہاں پہنچ گئے اور انھوں نے مجھے بتایا کہ ہاتھی چند سو گز کے فاصلے پر، ذرا ترائی میں چاول کی فصلوں میں موجود ہے۔ جیسے ہی میں نے آگے بڑھنا شروع کیا، اس علاقے کے تقریباً ہر گھر سے لوگ باہر نکل آئے اور میرے پیچھے چلنے لگے۔ انھوں نے رائفل دیکھ لی تھی اور سب جوشیلے نعرے بلند کر رہے تھے کہ میں ہاتھی کو ماروں گا۔ انھوں نے ہاتھی کو اس وقت نظر انداز کیا تھا جب وہ محض ان کے مکانوں کو نقصان پہنچا رہا تھا، مگر اب بات مختلف تھی کہ اب ہلاکت کا امکان تھا۔ یہ ان کے لیے ایک کھیل تھا، جیسا کہ کسی انگریز مجمع کے لیے بھی ہوتا، پھر یہ کہ انھیں اس کا گوشت بھی درکار تھا۔ میں ذرا مضطرب سا ہو گیا۔ میرا ہاتھی کو مارنے کا کوئی ارادہ نہیں تھا۔ میں نے تو رائفل اس لیے منگوائی تھی کہ اگر ضرورت پڑ جائے تو اپنا دفاع کر سکوں۔ پھر یہ کہ اگر ایک جلوس آپ کے عقب میں چل رہا ہے تو بے چینی تو ہو گی ہی۔ میں ترائی کی طرف اترنے لگا، اپنے آپ کو ایک احمق محسوس کر رہا تھا، کہ کاندھے پر بندوق دھری ہے اور دھکم پیل کرتا بڑھتا ہوا مجمع ساتھ چل رہا ہے۔ جھگیوں سے ہٹ کے ترائی میں ایک پکی سڑک بنی تھی، جس کے دوسری طرف کوئی ایک ہزار گز چوڑی دلدلی کھیتی باڑی کی زمین، جس پر ابھی تک ہل نہیں چلا تھا، لیکن پہلی بارشوں سے گیلی تھی، خودرو گھاس اس پر جا بجا اُگ گئی تھی۔ ہاتھی سڑک سے کوئی آٹھ گز دور ایسے کھڑا تھا کہ اس کا بایاں رخ ہماری طرف تھا۔ اس نے مجمع کی آمد کا کوئی نوٹس نہیں لیا۔ وہ گھاس کی چیڑ پھاڑ میں لگا تھا۔ سونڈ میں اٹھا کے اسے اپنے گھٹنے پر مار کے جھاڑتا اور پھر منھ میں رکھ لیتا۔

میں وہیں سڑک پر رک گیا تھا۔ ہاتھی کو دیکھتے ہی مجھے یقین ہو گیا تھا کہ مجھے اسے مارنا نہیں چاہیے۔ ایک پالتو، کارکن ہاتھی کو مارنا بہت اہم بات ہے، بالکل جیسے آپ کسی بڑی، مہنگی مشنری کو تباہ کر دیں۔ اور ظاہر ہے کہ اگر ممکن ہو تو اسے بچانا چاہیے۔ اس فاصلے سے، امن سے اپنی گھاس کھاتے ہوئے وہ ہاتھی ایک گائے کی طرح بے ضرر لگ رہا تھا۔ مجھے اس وقت خیال ہوا، اور اب بھی مجھے یقین ہے، کہ اس کی مستی کا دور ختم ہو گیا تھا، اور اب وہ ایسے ہی بے ضرر پھرتا رہتا، یہاں تک کہ اس کا مہاوت آ کر اسے دوبارہ پکڑ لیتا۔ پھر یہ کہ میں اسے بالکل مارنا نہیں چاہتا تھا۔ میں نے طے کیا کہ کچھ دیر اس پر نظر رکھوں گا کہ دوبارہ تباہی نہ پھیلائے، اور پھر واپس لوٹ جاؤں گا۔

اسی لمحے میں نے اس مجمعے پر نظر دوڑائی جو میرے پیچھے جمع ہو گیا تھا۔ لوگوں کا ایک اژدھام تھا، کم از کم دو ہزار لوگ تھے اور ہر لمحے ان میں اضافہ ہو رہا تھا۔ سڑک دور تک دونوں جانب سے بند ہو گئی تھی۔ میں نے بھڑکیلے ملبوسات سے ابھرتے پیلے چہروں کے اس سمندر پر نظر دوڑائی؛ خوش، جوشیلے چہرے اس کھیل کے منتظر تھے۔ سب کو یقین تھا کہ ہاتھی ہلاک ہونے والا ہے۔ سب کی نظریں مجھ پر ایسے گڑی تھیں جیسے کوئی مداری کرتب

دکھانے والا ہو۔ وہ مجھے پسند نہیں کرتے تھے، لیکن میرے ہاتھ میں موجود جادوئی رائفل نے مجھے کچھ لمحوں کے لیے قابلِ توجہ بنا دیا تھا۔ اچانک مجھے ادراک ہوا کہ مجھے اس ہاتھی کو مارنا ہی ہوگا۔ لوگوں کو مجھ سے یہی توقع تھی اور یہی مجھے کرنا ہوگا۔ مجھے لگا جیسے ان کے دو ہزار ارادے مجھے آگے کی سمت دھکیل رہے ہیں۔ اور یہ وہ لمحہ تھا کہ جب ہاتھ میں رائفل تھامے مجھے پہلی بار ادراک ہوا کہ سفید فام کی مشرق پر حاکمیت کتنی سطحی، کتنی بیکار تھی۔ یہ میں تھا، ایک سفید آدمی اپنی رائفل تھامے، نہتے مقامی لوگوں کے سامنے، بظاہر اس منظرنامے کا مرکزی کردار۔ لیکن حقیقت میں تو میں ان پیلے چہروں کے اشاروں پر ایک کٹھ پتلی کی مانند ناچ رہا تھا۔ اس لمحے مجھے احساس ہوا کہ جب سفید فام جابر ہو جاتے ہیں تو وہ صرف اپنی ہی آزادی کھو بیٹھتے ہیں۔ ایک قسم کا کھوکھلا، محض دکھاوے کا پتلا، ایک رسمی 'صاحب' کا کردار۔ حاکمیت کی شرط یہی ہے کہ وہ ساری زندگی 'مقامی' لوگوں کو متاثر کرنے میں گزار دے اور ہر بحران میں وہی کردار ادا کرے جس کی 'مقامی' اس سے توقع رکھیں۔ وہ چہرے پر ایک ماسک چڑھا لیتا ہے، اور اس کا چہرا بڑھ کر اس ماسک کے خدوخال میں ڈھل جاتا ہے۔ اب مجھے ہاتھی کو مارنا ہی تھا۔ میں نے رائفل منگوا کر گویا اس بات کا عندیہ دے دیا تھا۔ ایک 'صاحب' کو صاحب کا کردار ہی ادا کرنا تھا، اسے مستقل مزاجی دکھانی تھی، اسے اپنی فکر کا ادراک ہونا چاہیے اور اس کی حرکت واضح قطعی ہوتی ہے۔ رائفل تھامے یہاں تک آنا، اس طرح کہ دو ہزار لوگ تعاقب میں ہوں، اور پھر کم ہمتی سے، بغیر کچھ کیے لوٹ جانا، نہیں یہ غیر ممکن تھا۔ مجمع مجھ پر ہنسے گا، اور اپنی ساری زندگی، ہر سفید فام کی مشرق میں زندگی اسی طویل جدوجہد میں ہی تو گزرتی ہے کہ وہ قہقہوں کا مرکز نہ بنے۔

لیکن میں اس ہاتھی کو ہلاک کرنا نہیں چاہتا تھا۔ میں اسے گھاس اٹھا کر اپنے گھٹنوں پر مارتا دیکھتا رہا، اسی بزرگانہ توجہ سے جو ہاتھیوں کا خاصہ ہے۔ مجھے محسوس ہوا کہ اسے مارنا قتل کرنا ہے۔ اب اس عمر میں مجھے جانوروں کو گولی مارنے میں عار نہیں تھا، لیکن کوئی ہاتھی نہ میں نے پہلے مارا تھا نہ کبھی مارنا چاہتا تھا۔ معلوم نہیں کیوں، لیکن ہمیشہ کسی بڑے جانور کو مارنے میں ہمیشہ زیادہ ہچکچاہٹ ہوتی ہے۔ پھر اس جانور کے مالک کا بھی خیال تھا۔ زندگی میں یہ ہاتھی کم از کم ایک سو پونڈ کا ضرور تھا۔ مرنے کے بعد صرف اس کے دانتوں کی قیمت ہی باقی رہ جاتی، زیادہ سے زیادہ پانچ پونڈ؛ لیکن مجھے جلد ہی کوئی فیصلہ کرنا تھا۔ میں کچھ برمیوں کی طرف مڑا جن کے چہرے سے تجربہ جھلکتا تھا، اور جو ہمارے آنے سے پہلے ہی وہاں موجود تھے، اور ان سے دریافت کیا کہ ہاتھی کا طرزِ عمل کیسا رہا ہے، ان سب نے ایک ہی جواب دیا۔ اگر اسے تنہا چھوڑ دیا جائے تو وہ آپ کو تنگ نہیں کرے گا، لیکن اگر اس کے بہت نزدیک جائیں تو وہ شاید حملہ کردے۔

یہ بات صاف ظاہر تھی کہ میرا لائحہ عمل کیا ہونا چاہیے۔ مجھے چاہیے کہ میں ہاتھی کے نزدیک جاؤں، کوئی پچیس گز کے قریب، اور اس کا ردِعمل دیکھوں۔ اگر وہ مجھ پر حملہ آور ہو تو میں اسے گولی ماردوں، اگر وہ مجھے نظرانداز کردے تو پھر مہاوت کے آنے تک اسے چھوڑ دیا جائے۔ لیکن مجھے یہ بھی پتہ تھا کہ میں ایسا کچھ نہیں کروں گا۔ میرا نشانہ بہت خراب تھا اور زمین اتنی نرم تھی کہ ہر قدم پر پاؤں دھنس سکتا تھا۔ اگر ہاتھی حملہ آور ہوا اور میرا نشانہ خطا گیا،

تو میرے بچنے کا اتنا ہی امکان رہے گا جتنا کسی مینڈک کا سڑک کوٹنے والے انجن کے نیچے۔ لیکن اس وقت بھی میرا ذہن اپنے بچاؤ پر مرکوز نہیں تھا، بلکہ اپنے عقب میں موجود پیلے چہروں پر تھا، اتنے لوگوں کی موجودگی میں، اس لمحے میں ان معنوں میں خوفزدہ نہیں تھا جو اکیلے ہونے سے ہوتا۔ ایک سفید فام آدمی مقامی لوگوں کے سامنے خوفزدہ نہیں ہوسکتا، لہٰذا ایسا نہیں ہوتا۔ اس وقت مجھے صرف یہی فکر تھی کہ اگر کچھ غلط ہوگیا تو یہی دو ہزار برمی میرا تعاقب کریں گے، مجھے پکڑیں گے، مجھے روند دیں گے اور مجھے بھی اس ٹیلے پر پڑی ہندوستانی کی خندہ زن لاش میں بدل دیں گے۔ اگر ایسا ہوا تو ممکن ان میں سے کچھ لوگ ہنسیں بھی، اور یہ بات قابل قبول نہیں تھی۔

اب ایک ہی راستہ بچا تھا۔ میں نے گولی بندوق میں بھری اور سڑک پر لیٹ گیا کہ بہتر نشانہ باندھ سکوں۔ مجمع بالکل ساکن ہوگیا۔ وہاں موجود ان گنت حلقوم سے عمیق، مسرت بھری سانسیں خارج ہوئیں، جیسے کسی طویل انتظار کے بعد تماشائی اسٹیج پر پردہ اٹھتا دیکھ رہے ہوں۔ آخر کار انھیں بھی مزہ آنے والا تھا۔ یہ اپنی شست سمیت ایک خوبصورت جرمن رائفل تھی۔ مجھے اس وقت یہ علم نہیں تھا کہ کسی ہاتھی کو مارنے کے لیے دونوں کانوں کے سوراخوں کے درمیان کسی فرضی لکیر کو نشانہ بنانا چاہیے کیوں کہ وہ ہاتھی ترچھا کھڑا تھا، لہٰذا مجھے اپنی طرف والے کان کے سوراخ کا نشانہ لینا چاہیے تھا۔ اصل میں یہ سوچتے ہوئے کہ اس کا دماغ کئی انچ آگے ہوگا، میں نے کان کے سوراخ سے کئی انچ آگے کا نشانہ باندھا۔

جب میں نے لبلبی دبائی تو نہ مجھے پٹاخہ سنائی دیا، نہ ہی دھکا لگا۔ اگر نشانہ صحیح بیٹھے تو ایسا ہی ہوتا ہے۔ لیکن مجھے مجمعے سے اٹھنے والی ظالمانہ مسرت بھری چیخ ضرور سنائی دی۔ اس لمحے، ذرا سے وقت کے لیے، مان لیجیے کہ گولی لگ بھی گئی ہو، ہاتھی میں ایک عجیب، پراسرار سی تبدیلی آئی۔ وہ نہ ہلا، نہ گرا، لیکن اس کے جسم کے خطوط ضرور بدل گئے۔ وہ اچانک بہت گرفتہ، بوڑھا اور مختصر لگا، جیسے کہ گولی کے خوفناک اثر نے اسے گرائے بغیر مفلوج کر دیا ہو۔ آخر کار، بظاہر ایک طویل وقفے کے بعد، گو وہ محض پانچ سیکنڈ ہی رہا ہوگا، اس کا تھل تھل کرتا جسم گھٹنوں کے بل ڈھیر ہوگیا۔ اس کے منھ سے رال ٹپک رہی تھی۔ اس پر ایک بڑی کہولت طاری ہوگئی تھی۔ وہ اس لمحے ہزار سالہ سن رسیدہ لگ رہا تھا۔ میں نے اسی جگہ دوبارہ فائر کیا۔ دوسری گولی کھا کر وہ ڈھیر نہیں ہوا، بلکہ بہت دشواری اور نقاہت سے اپنے قدموں پر ڈگمگا کر کھڑا ہوگیا، اس کے گھٹنے جھک رہے تھے، اور سر بھی ڈھلک رہا تھا۔ میں نے تیسری بار فائر کیا۔ اس گولی نے اس کی مشکل آسان کر دی۔ اس کی شدت صاف دیکھی جاسکتی تھی، اس نے ہاتھی کے جسم کو تھرا دیا اور اس کے پیروں کی رہی سہی قوت بھی جاتی رہی، لیکن گرتے وقت ایک لمحے کے لیے ایسا محسوس ہوا کہ جیسے وہ کھڑا ہوگیا ہو، کیوں کہ اس کے پچھلے پاؤں پہلے جواب دے گئے تو لگا جیسے کوئی مہیب گرتا ہوا تودا ایستادہ ہے، اس کی سونڈ کسی درخت کی مانند آسمان کی جانب اٹھی ہوئی تھی۔ پہلی اور آخری بار وہ چنگھاڑا۔ اور پھر وہ نیچے آگرا، اس کا پیٹ میری جانب تھا، اس کے گرنے سے زمین ایسی ہلی کہ جہاں میں لیٹا تھا وہاں تک محسوس ہوا۔

میں کھڑا ہوگیا۔ برمی تو پہلے ہی مجھ سے آگے نکل کر بھاگ رہے تھے۔ یہ بات واضح تھی کہ اب ہاتھی دوبارہ کھڑا نہیں ہوسکے گا، لیکن وہ مرا نہیں۔ وہ کھڑکھڑاتی، لیکن متوازن سانس میں ہانپ رہا تھا۔ اس کا پہاڑ جیسا

جثہ تکلیف سے پھول اور پچک رہا تھا۔ اس کا منہ اتنا بڑا کھلا تھا کہ میں اس حلق کے گلابی غار کی پنہائیاں دیکھ سکتا تھا۔ میں کافی دیر اس کے مرنے کا منتظر رہا، لیکن اس کی سانس چلتی رہی۔ بالآخر میں نے آخری دو گولیاں بھی اس مقام پر اتار دیں جہاں میرے خیال میں اس کا دل ہوتا۔ گاڑھا خون اس کے جسم سے سرخ مخمل کی طرح ابل پڑا لیکن وہ مرا پھر بھی نہیں۔ جب اسے گولی لگی تو اس کے جسم کو جھٹکا تک نہیں لگا، اس کی تکلیف دہ سانس بغیر وقفے کے چلتی رہی۔ وہ مر رہا تھا، بہت آہستہ تکلیف دہ موت، لیکن مجھ سے بہت دور کسی اور دنیا میں، جہاں کوئی اور گولی مزید اس کا کچھ اور نہیں بگاڑ سکتی تھی۔ مجھے احساس ہوا کہ مجھے اس تکلیف دہ آواز کو ختم کرنا ہے۔ اس عظیم جانور کو وہاں پڑا دیکھنا بہت تکلیف دہ تھا۔ اتنا ناتواں کہ ہل بھی نہ سکے اور اتنا کمزور کہ مر بھی نہ سکے، اور میں بھی ختم نہ کر سکوں۔ میں نے اپنی چھوٹی بندوق منگوائی اور اس کے دل میں اور حلق میں تواتر سے گولیاں برسا دیں۔ اس سے بھی کوئی فرق نہیں پڑا، اس کی تکلیف دہ سانس ایسے ہی یقین سے چلتی رہی جیسے کسی گھڑی کی سوئیاں۔

آخر مجھ سے برداشت نہ ہوا، اور میں وہاں سے چلا آیا۔ مجھے بعد میں معلوم ہوا کہ اسے مرنے میں مزید آدھا گھنٹہ لگا۔ میرے وہاں نکلنے سے پہلے ہی برمی وہاں ٹوکریاں اور چھریاں لا رہے تھے، میں نے بعد میں سنا کہ دوپہر ہونے تک انھوں نے ہڈیوں تک اس کا گوشت اتار لیا تھا۔

بعد میں یقیناً ہاتھی کو مارنے پر ایک لامتناہی بحث جاری رہی۔ اس کا مالک بہت غصہ میں تھا، مگر وہ محض ایک ہندوستانی تھا، کر کچھ نہیں سکتا تھا۔ پھر میں نے قانونی طور پر درست کام کیا تھا۔ اگر) اس کا مالک اسے قابو میں نہیں رکھ سکے، تو ایک پاگل ہاتھی کو مارنا ایسے ہی ضروری ہے، جیسے ایک پاگل کتے کو۔ یورپین کی رائے منقسم تھی۔ بزرگوں کا خیال تھا کہ میں نے ٹھیک کیا، نوجوانوں کا کہنا تھا کہ یہ بہت شرم کی بات ہے کہ ایک ہاتھی کو صرف اس لیے مار دیا جائے کہ اس نے ایک قلی کو مار دیا ہے، کہ ایک ہاتھی کسی بھی ذلیل کارکن قلی سے زیادہ قیمتی ہے۔ بہر حال مجھے اس بات کی مسرت تھی کہ قلی مارا گیا تھا کہ اس نے مجھے ہاتھی کو مارنے کا قانونی جواز فراہم کر دیا تھا۔ میں اکثر سوچتا ہوں کہ کیا کسی کی سمجھ میں یہ بات بھی آئی کہ میں نے یہ محض اس لیے کیا تھا کہ بیوقوف نہ لگوں!

کاٹھ کا گھوڑا

ڈی۔ایچ۔لارنس (برطانیہ)

ترجمہ: قیصر نذیر خاور

ڈی۔ایچ۔لارنس (David Herbert Lawrence) ۱۱ستمبر ۱۸۸۵ء کو برطانیہ میں پیدا ہوئے۔لارنس نے زندگی بھر دوستوں سے زیادہ دشمن کمائے۔اپنے حریفوں، حاسدوں اور بدخواہوں سے تنگ آکر انھوں نے خود ساختہ جلاوطنی بھی اختیار کی جسے وہ 'Savage Pilgrimage' کہتے ہیں۔ وفات کے وقت لوگوں کی نظروں میں ان کی امیج ایک ایسے پورنوگرافر کی بن چکی تھی جو اپنی صلاحیتوں کو ضائع کر رہا تھا۔ای۔ایم۔فورسٹر نے اس رویے کی سخت مخالفت کی اور لارنس کو اپنی نسل کا عظیم ترین تخلیقی ناول نگار کہا، بعد میں نقاد ایف۔آر۔لیوس نے لارنس کو تخلیقی ارتکاز اور اخلاقی سنجیدگی دونوں کا چمپیئن قرار دیا۔ڈی۔ایچ۔لارنس کی موت ۲ مارچ ۱۹۳۰ کو ہوئی۔

یہ ایک خوبصورت عورت کی کہانی ہے جسے زندگی میں آگے بڑھنے کے مواقع تو بہت ملے لیکن اس کی قسمت اچھی نہ تھی۔ اس نے محبت کی چاہت میں شادی کی لیکن محبت ریت کا محل ثابت ہوئی۔ اس کے بچے خوبصورت اور لوگوں کے دل کو بھاتے تھے لیکن اسے لگتا تھا جیسے وہ اس پر تھوپے گئے ہوں، اسے ان سے پیار نہ تھا۔ وہ اسے ایسی سرد مہری سے دیکھتے تھے جیسے اس میں عیب تلاش کر رہے ہوں۔ وہ جلدی سے اس کوشش میں لگ جاتی کہ اپنے عیبوں کو چھپا لے لیکن کیا چھپائے؟ یہ تو اسے معلوم ہی نہ تھا۔ بچوں کی موجودگی میں اس کا دل پتھر ہو جاتا۔ اسے اس بات سے تکلیف ہوتی، کیوں کہ فطری طور پر تو وہ انھیں پیار کرنا چاہتی تھی اور اس کی کوشش ہوتی کہ وہ ان سے زیادہ نرمی سے پیش آئے اور ظاہر کرے کہ وہ ان سے بہت محبت کرتی ہے، البتہ اسے پتہ تھا کہ

اس کے دل کی گہرائیاں پتھریلی ہیں اور ان سے محبت نہیں پھوٹتی۔ دوسرا ہر کوئی اس کے بارے میں کہتا تھا: ''وہ ایک اچھی ماں ہے۔ وہ اپنے بچوں سے بہت محبت کرتی ہے۔''

اس کے برعکس خود اسے اور اس کے بچوں کو یہ معلوم تھا کہ ایسا نہیں ہے۔ ایسا وہ ایک دوسرے کی آنکھوں میں ہی دیکھ لیتے تھے۔

لڑکا اور اس کی دو ننھی بہنیں ایک دلکش باغیچے والے گھر میں رہتے تھے جہاں ان سب کے کاموں کے لئے الگ الگ نوکر تھے۔ یہ تینوں اس علاقے میں خود کو دیگر سب سے برتر سمجھتے تھے۔

ان کی زندگی، گو آسائش سے گزر رہی تھی لیکن انھیں ہر وقت گھر میں ایک بے چینی سی محسوس ہوتی تھی۔ گھر میں پیسوں کی قلت رہتی تھی۔ ان کے ماں اور باپ کی آمدن تو تھی لیکن اتنی نہ تھی کہ وہ اس سماجی حیثیت کو برقرار رکھ سکتی جو انھوں نے اختیار کر رکھی تھی۔ ان کا باپ شہر کے کسی دفتر میں کام کرتا تھا اور اس کے روشن مستقبل کے امکانات بھی تھے لیکن یہ کبھی حقیقت نہ بن سکے۔ گھر کے در و دیوار میں پیسوں کی کمی کی رگڑ ہر وقت محسوس ہوتی تھی لیکن طرزِ زندگی کا معیار ہمیشہ برقرار رکھا جا رہا تھا۔

''میں دیکھتی ہوں کہ میں کیا کر سکتی ہوں۔'' بالآخر ماں نے کہا۔ لیکن اسے یہ معلوم ہی نہ تھا کہ وہ کہاں سے شروعات کرے۔ اس نے بہت دماغ لڑایا، ایک طریقہ سوچا، پھر دوسرا، پر اسے کسی طرح بھی کامیابی نہ ہوئی۔ ناکامی اس کے چہرے پر جھریوں کی شکل میں نمودار ہونے لگی۔ اس کے بچے بڑے ہو رہے تھے اور انھوں نے جلد ہی اسکول میں داخل بھی ہونا تھا۔ مزید آمدن کا کوئی نہ کوئی ذریعہ ہونا چاہیے۔ مزید پیسوں کی کوئی اور راہ نکلنی چاہیے۔ باپ، جو ہر وقت بنا ٹھنا رہتا تھا اور جس کے شوق مہنگے تھے، بھی اس معاملے میں بے بس نظر آتا تھا اور ماں، جس کے شوق خاوند سے بھی بڑھ کر تھے اور اسے خود پر اعتماد بھی بہت تھا، بھی کسی طور کامیاب نہ ہو پائی۔

ایسے میں گھر ہر وقت اس ان کہے جملے سے گونجتا رہتا: مزید دولت ہونی چاہیے۔ مزید دولت ہونی چاہیے۔ بچے بھی اس کو سنتے، گو یہ جملہ کسی نے کبھی اونچی آواز میں کہا نہ تھا۔ کرسمس آئی اور جب گھر میں بچوں کے کھیلنے کا کمرہ مہنگے اور شاندار کھلونوں سے بھر گیا تو یہ سرگوشی انھیں، کاٹھ کے گھوڑے کے پیچھے سے، گڑیا گھر کی پشت سے، کچھ زیادہ ہی سنائی دینے لگی۔ ''مزید دولت ہونی چاہیے'' کی سرگوشی کچھ دیر کے لیے ان کی کھیل کود بند کرا دیتی۔ وہ ایک دوسرے کی آنکھوں میں دیکھنے لگتے جیسے جاننا چاہتے ہوں کہ یہ سب نے سنی ہے یا نہیں۔ آنکھوں ہی آنکھوں میں دیکھنے سے انھیں پتہ چل جاتا کہ سب نے اس جملے کو سنا ہے۔

یہ سرگوشی ہچکولے کھاتے کاٹھ کے گھوڑے کے سرنگوں سے اس طرح نکلتی کہ خود گھوڑا اپنی لکڑی کی گردن جھکائے اسے سنتا۔ اپنی نئی پرام میں بیٹھی گلابی بڑی سی گڑیا بھی اسے سنتی اور اس کی بناوٹی مسکراہٹ اور زیادہ کھلی نظر آنے لگتی۔ نادان کتورا بھی، جس نے ٹیڈی۔ بیئر کی جگہ لے لی تھی، مزید ہونق لگنے لگتا جیسے شرمندہ ہو کہ اس نے یہ آواز کیوں سنی: ''مزید دولت ہونی چاہیے۔''

سرگوشی، گو ہر طرف پھیلی ہوئی تھی لیکن کسی نے اسے با آواز بلند نہیں کہا تھا، اسی لیے کوئی اس پر بات

نہیں کرتا تھا۔ یہ ایسے ہی تھا جیسے کوئی بھی یہ نہیں کہتا: ''ہم سانس لے رہے ہیں۔'' حالاں کہ سانس تو ہر لحہ اندر باہر آ جا رہا ہوتا ہے۔

''ماں!'' ایک دن لڑکے پال نے کہا، ''ہمارے پاس اپنی کار کیوں نہیں ہے؟ ہمیں ہمیشہ ماموں کی گاڑی استعمال کرنی پڑتی ہے یا پھر ٹیکسی لینی پڑتی ہے؟''

''کیوں کہ ہم اپنے خاندان کا ایک غریب گھرانہ ہیں۔'' ماں نے جواب دیا۔

''لیکن کیوں، ماں، ہم ایسے کیوں ہیں؟''

''میرا خیال ہے،'' ماں نے تلخی سے الفاظ چباتے ہوئے کہا، ''ایسا اس لیے ہے کہ تمھارے باپ کی قسمت اچھی نہیں ہے۔''

بیٹا کچھ دیر خاموش رہا پھر اس نے جھجکتے ہوئے پوچھا: ''کیا دولت خوش قسمتی ہے، ماں؟''

''نہیں، ایسا نہیں ہے، پال۔ خوش قسمتی تو دولت کا کارن بنتی ہے۔''

''اوہ اچھا!'' پال نے بے یقینی سے کہا، ''جب ماموں آسکر نے 'غلیظ خوش قسمت' کہا تھا تو میں یہ سمجھا تھا کہ وہ دولت کی بات کر رہے ہیں۔''

''انھوں نے غلیظ (ا) دولت مند کہا تھا، (ا) خوش قسمت نہیں۔''

''اوہ!'' لڑکے نے کہا، ''تو پھر خوش قسمتی کیا ہوتی ہے، ماں؟''

''یہ پیسے کی وجہ بنتی ہے۔ اگر آپ خوش قسمت ہو تو آپ کے پاس دولت ہوگی۔ اسی لیے کہتے ہیں کہ بندے کو خوش قسمت پیدا ہونا چاہیے بجائے اس کے وہ دولت مند گھرانے میں پیدا ہو۔ اگر آپ امیر ہو تو دولت گنوا بھی سکتے ہو لیکن اگر خوش قسمت ہو تو ہمیشہ اور دولت حاصل کر سکتے ہو۔''

''اوہ!، تو میرے والد خوش قسمت نہیں ہیں؟''

''میں تو کہوں گی، بہت بدقسمت۔'' ماں تلخی سے بولی۔

بیٹا شک بھری نظروں سے ماں کو دیکھتا رہا، پھر اس نے پوچھا: ''کیوں؟''

''مجھے نہیں معلوم، کوئی بھی نہیں جانتا کہ ایک خوش قسمت کیوں ہوتا ہے جب کہ دوسرا بندہ بدقسمت۔''

''واقعی انھیں نہیں پتہ؟ کوئی نہیں جانتا؟ کوئی تو ہوگا جو جانتا ہوگا؟''

''شاید خدا، لیکن وہ کبھی بتاتا نہیں ہے۔''

''اسے بتانا چاہیے، اور ماں، کیا آپ خوش قسمت نہیں ہیں؟''

''میں خوش قسمت کیسے ہو سکتی ہوں جب کہ میں ایک بدقسمت آدمی کی بیاہتا ہوں۔''

''لیکن اپنے آپ میں تو آپ خوش قسمت ہو سکتیں ہیں یا نہیں؟''

''شادی سے پہلے میں ایسا سوچا کرتی تھی کہ میں خوش قسمت ہوں لیکن اب میں سمجھتی ہوں کہ اصل میں بدقسمت تو میں ہی ہوں۔''

''کیوں؟''

''خیر، چھوڑو اس قصے کو، شاید میں بدقسمت نہیں ہوں۔'' ماں نے جواب دیا۔

بیٹے نے ماں کو ایسے دیکھا جیسے جاننا چاہتا ہو کہ وہ جو کہہ رہی ہے، وہ اسے مانتی بھی ہے یا نہیں۔ اور اس نے اپنی ماں کے منھ پر پڑے بلوں سے یہ اندازہ کرلیا کہ وہ اس سے کچھ چھپا رہی ہے۔

''ٹھیک ہے، بہرحال'' اس نے مضبوط لہجے میں کہا، ''میں تو خوش قسمت ہوں۔''

''کیسے؟'' ماں نے یہ سن کر ہنستے ہوئے کہا۔

بچہ ماں کو گھورنے لگا۔ اسے تو یہ معلوم ہی نہ تھا کہ اس نے کہا کیا ہے۔

''مجھے خدا نے بتایا ہے۔'' اس نے بیباکی سے پُرزور انداز سے کہا۔

''پیارے، مجھے امید ہے کہ اس نے کہا ہوگا۔''، وہ پھر سے ہنستے ہوئے بولی لیکن اب اس کی ہنسی میں تلخی تھی۔

''ماں! اس نے واقعی ایسا کہا تھا۔''

''پھر تو یہ شاندار بات ہے۔'' اس کی ماں نے اپنے خاوند کی طرح پرجوش انداز میں کہا۔

لڑکے نے دیکھا کہ اس کی ماں کو اس کے کہے پر یقین نہیں آیا تھا یا پھر شاید اس نے اس کے مضبوط لہجے پر غور ہی نہیں کیا تھا۔ اس کے اندر کہیں غصہ جاگا کہ اس کی ماں اس کی بات کو سنجیدہ کیوں نہیں لے رہی۔

وہ، شک بھرے بچکانہ انداز میں خوش قسمتی کا کھوج لگانے کے لیے وہاں سے اٹھ گیا۔ لوگوں کو نظر انداز کرتے ہوئے وہ اپنے آپ میں گم ہوتا گیا اور من ہی من میں خوش قسمتی کا سراغ لگانے لگا۔ اسے خوش قسمتی درکار تھی، وہ خوش قسمت بننا چاہتا تھا، خوش قسمتی اس کی چاہ بن گئی تھی۔ جب اس کی بہنیں کھیلنے والے کمرے میں گڑیوں سے کھیل رہی ہوتیں تو وہ کاٹھ کے گھوڑے پر بیٹھا اس پر جھول رہا ہوتا۔ اس کی آنکھیں فضا میں گھور رہی ہوتیں اور اس پر ایسی جنونی کیفیت طاری ہوتی کہ اس کی بہنوں کو اس سے خوف آنے لگتا۔ وہ اک وحشت سے اس پر سواری کرتا، اس کے گہرے گھنگھریالے بال ہوا میں لہراتے اور اس کی آنکھیں ایک خاص چمک سے روشن ہو جاتیں۔ یہ دیکھ کر اس کی ننھی بہنوں کی گھگی بند جاتی اور انھیں اس سے بات کرنے کی ہمت نہ ہوتی۔

جب وہ اپنے اس چھوٹے سے جنونی سفر کے اختتام پر پہنچتا تو وہ چھلانگ مار کر کاٹھ کے گھوڑے سے اترتا، اس کے سامنے جا کر کھڑا ہوتا اور اس کے جھکے ہوئے چہرے کی طرف دیکھنا شروع کر دیتا جس پر اس کا لال منھ تھوڑا سا کھلا ہوتا اور اس کی بڑی چمکیلی آنکھیں پوری کھلی ہوتیں۔

''اب!'' وہ خاموشی سے اس نتھنے پھلائے گھوڑے سے کہتا، ''اب مجھے وہاں لے چلو جہاں خوش قسمتی ہے! اب مجھے وہاں لے چلو جہاں خوش قسمتی ہے!''

پھر وہ گھوڑے کی گردن پر اپنا چھوٹا سا چھانٹا مارتا جو اس نے اپنے ماموں آسکر سے منگوایا تھا۔ اسے معلوم تھا کہ اس کے مجبور کرنے پر ہی گھوڑا اسے وہاں لے جائے گا جہاں خوش قسمتی ہوگی۔ وہ پھر سے اس امید کے

ساتھ اس پر چڑھ کر پھر سے وحشیانہ سواری شروع کر دیتا کہ گھوڑا اسے خوش قسمتی تک لے جائے گا۔

''پال، تم اپنے گھوڑے کو توڑ ڈالو گے۔'' آیا اسے کہتی۔

''وہ اس پر اسی طرح سواری کرتا ہے۔ میری خواہش ہے کہ وہ ایسا کرنا ترک کر دے۔'' بہنوں میں سے بڑی والی جون جواب دیتی۔

یہ سن کر وہ کچھ نہ بولتا، بس خاموشی سے انھیں گھورتا۔ آیا اس کے اس طور سے تنگ آ چکی تھی۔ وہ اسے سدھار نہیں پا رہی تھی۔ ویسے بھی اب وہ بڑا ہو گیا تھا اور اس کے قابو میں نہیں رہا تھا۔

ایک روز اس کی ماں اور ماموں کھیلنے کے کمرے میں اس دوران آ گئے جب وہ گھوڑے پر بیٹھا جنونی طریقے سے سواری کر رہا تھا۔ اس نے ان سے کوئی بات نہ کی۔

''ہیلو، نوجوان گھڑسوار! کیا تم ایک جیتنے والے گھوڑے پر سواری کر رہے ہو؟'' اس کے ماموں نے پوچھا۔

''کیا تم اب اس کاٹھ کے گھوڑے کے لیے کچھ زیادہ بڑے نہیں ہو گئے؟ تمھیں معلوم ہے کہ اب تم ایک چھوٹے بچے نہیں رہے۔'' اس کی ماں بولی۔

لیکن پال نے کوئی جواب نہ دیا، صرف اپنی بڑی بڑی نیم بند نیلی غصہ بھری آنکھوں سے دیکھا۔ جب وہ سواری کے جنون میں ہوتا تو وہ کسی سے بات نہیں کرتا تھا۔ اس کی ماں اسے فکرمندی سے دیکھتی رہی۔

آخر اس نے میکانکی انداز میں گھوڑے کو روکا اور نیچے اتر آیا۔

''میں آخر کار وہاں پہنچ ہی گیا!'' وہ اپنی مضبوط ٹانگیں وا کیے، تیز مگر زوردار لہجے میں بولا، اس کی آنکھوں سے ابھی بھی آگ نکل رہی تھی۔

''تم کہاں جا پہنچے تھے؟'' اس کی ماں نے سوال کیا۔

''وہیں جہاں میں جانا چاہتا تھا۔'' اس نے غصیلی آواز میں جواب دیا۔

''یہ ٹھیک ہے، بیٹا!'' ماموں آسکر نے کہا، ''ظاہر ہے تم نے تو منزل پر پہنچ کر ہی رکنا تھا۔ تمھارے گھوڑے کا نام کیا ہے؟''

''اس کا کوئی ایک نام نہیں ہے۔'' لڑکے نے جواب دیا۔

''چلو ٹھیک ہے، بنا نام کے بھی چلے گا۔'' ماموں نے کہا۔

''خیر ایسا بھی نہیں ہے، اس کے مختلف نام ہیں۔ پچھلے ہفتے اس کا نام 'سانسووینو' تھا۔''

''ارے، سانسووینو؟ اس نے تو 'ایسکوٹ' گھڑدوڑ جیتی تھی۔ تمھیں اس کا نام کیسے پتہ چلا؟''

''یہ ہمیشہ بیسٹ سے ریس میں ڈورنے والے گھوڑوں کے بارے میں بات کرتا رہتا ہے۔'' جون بولی۔

ماموں یہ سن کر خوش ہوا کہ اس کا ننھا بھانجا گھڑدوڑ کے بارے میں ساری معلومات رکھتا ہے۔ بیسٹ

اس گھر کا مالی تھا۔ وہ جنگ میں اپنے بائیں پاؤں کے زخمی ہونے کے بعد آسکر کریسویل کے ذریعے اس نوکری پر لگا تھا جس کا وہ پہلے خادم تھا۔ وہ ایک اچھا گھسیارا تھا۔ وہ گھڑ دوڑوں کا رسیا بھی تھا اور پال نے اس سے دوستی کر رکھی تھی۔

آسکر کریسویل کو بیست سے یہ معلوم ہوا؛ ''ماسٹر پال میرے پاس آتے ہیں اور پوچھتے ہیں۔ میں انھیں انکار نہیں کر سکتا، مجھے انھیں گھڑ دوڑوں کے بارے میں بتانا پڑتا ہے۔'' بیست نے کہا۔ اس کے چہرے پر ایسی سنجیدگی تھی جیسے وہ کسی مذہبی معاملے پر بات کر رہا ہو۔

''تو کیا اس نے کسی ایسے گھوڑے پر کچھ لگایا جس کے بارے میں اس کا خیال تھا کہ وہ جیت جائے گا؟
''

''دیکھیں جناب، میں اس بارے میں کچھ کہنا نہیں چاہتا۔ وہ ایک نوجوان ہے اور گھڑ دوڑ کا شوقین ہے اور ایک اچھا شوقین۔ اگر آپ بُرا نہ منائیں تو بہتر ہوگا کہ آپ خود اس سے پوچھیں۔ وہ ایسے معاملات میں خوشی سے حصہ لیتا ہے۔ اگر میں نے اس بارے میں آپ کو کچھ بتایا تو اسے ٹھیس پہنچے گی، میری بات کا بُرا نہ منائیں جناب۔'' بیست کی سنجیدگی گرجا گھر کی طرح اٹل تھی۔

آسکر اپنے بھانجے کے پاس واپس گیا، اسے گاڑی کی سیر کرانے کے بہانے گاڑی میں بٹھایا اور گھر سے نکل گیا۔

''ہاں تو پال، کیا تم نے کبھی کسی گھوڑے پر کچھ لگایا؟'' اس نے پوچھا۔

پال نے پہلے تو نظر بھر کر اپنے ماموں کو دیکھا اور پھر سیدھا جواب دینے کی بجائے الٹا سوال داغ دیا؛

''کیوں، آپ کا کیا خیال ہے کہ مجھے ایسا نہیں کرنا چاہیے؟''

نہیں، بالکل بھی نہیں! بلکہ میں نے تو سوچا تھا کہ تم مجھے 'لنکن' گھڑ دوڑ کے بارے میں کوئی اشارہ دے سکو گے۔''

کار مضافات میں سے ہوتے ہی میپشائر میں ماموں آسکر کے گھر کی طرف بڑھتی جا رہی تھی۔

''آپ کو اپنی عزت کی قسم ہے؟''

''ہاں، عزت کی قسم، بیٹا!'' ماموں نے کہا۔

''اگر ایسا ہے تو پھر 'ڈیفوڈل'۔''

''ڈیفوڈل! میں اس بارے میں مشکوک ہوں، بچے، 'مرزا' کے بارے میں کیا خیال ہے؟''

''مجھے صرف جیتنے والے گھوڑے کا پتہ ہوتا ہے،'' لڑکے نے کہا، ''اور وہ ڈیفوڈل ہے۔''

''ڈیفوڈل، شاید نہیں۔''

کچھ دیر خاموشی رہی۔ ڈیفوڈل ایک پٹا ہوا نام تھا۔

''ماموں!''

''جی، بیٹا؟''

''آپ اس بات کو آگے تو نہیں پھیلائیں گے، یا۔۔۔؟ میں نے بیست سے وعدہ کیا تھا۔''

''بیست کی بات چھوڑو، بچے، اس کا اس بات سے کیا لینا دینا؟''

''ہم شراکت دار ہیں۔ ہم پہلے دن سے ہی ایک دوسرے کے ساتھی ہیں۔ ماموں، اس نے مجھے گھوڑے پر لگانے کے لئے پہلے' پانچ شلنگ' دیے تھے جو میں ہار گیا تھا۔ پھر جب آپ نے مجھے دس شلنگ کا نوٹ دیا تھا تو میں نے جیتنا شروع کیا۔ مجھے لگا تھا کہ آپ خوش قسمت ہیں۔ آپ کو اپنی عزت کی قسم (۴) لیکن ماموں آپ یہ بات کسی اور کو نہیں بتائیں گے، یا آپ ایسا کریں گے؟''

یہ کہہ کر پال نے اپنی بڑی بڑی نیلی چمکتی آنکھوں کو بھینچ کر اپنے ماموں کو گھورنا شروع کر دیا۔ ماموں نے جھرجھری لی اور تامل سے ہنستے ہوئے کہا: ''ٹھیک ہے، بیٹا، میں اس ساری بات چیت کو اپنے تک ہی محدود رکھوں گا۔ تم ڈیفوڈل پر کتنے پیسے لگا رہے ہو؟''

''بیس پاؤنڈز کے علاوہ سب کچھ۔'' لڑکا بولا، ''میں بیس پاؤنڈ برے وقت کے لیے محفوظ رکھتا ہوں۔''

ماموں نے اسے مذاق جانا۔

''اگر تم بیس پاؤنڈ محفوظ رکھ رہے ہو تو، خیالوں کی دنیا میں رہنے والے اے میرے پیارے نوجوان؟ تم شرط کتنے کی لگا رہے ہو؟''

''میں تین سو کی شرط لگا رہا ہوں۔'' لڑکے نے تیقن سے کہا، ''لیکن یہ بات میرے اور آپ کے بیچ ہی رہنی چاہیے، ماموں آسکر! آپ کو اپنی عزت کی قسم!''

ٹھیک ہے، یہ سب میرے اور تمھارے بیچ ہی رہے گا، لیکن میرے پیارے نوجوان 'نیٹ گولڈ' (۲)، ''وہ ہنستے ہوئے بولا، ''تمھارے تین سو پاؤنڈ ہیں کہاں؟''

''یہ بیست کے پاس ہیں۔ ہم شراکت دار ہیں۔''

''تم ہو، کیا واقعی! اور بیست ڈیفوڈل پر کیا لگا رہا ہے؟''

''وہ مجھ سے بڑھ کر تو نہیں لگا سکتا، میرا خیال ہے کہ وہ ایک سو پچاس لگائے گا۔''

''کیا تم پینیز (۳) کی بات کر رہے ہو؟'' ماموں ہنسا۔

''پاؤنڈز،'' بچہ بولا اور اس نے حیرانی سے ماموں کی طرف دیکھا۔ ''بیست مجھ سے بھی زیادہ پیسے محفوظ رکھتا ہے۔''

حیران اور محظوظ ہوتے ہوئے ماموں آسکر چپ ہو گیا۔ اس نے اس معاملے پر مزید کوئی بات نہ کی لیکن دل میں یہ طے کر لیا کہ وہ اپنے بھانجے کو 'لنکن' گھڑ دوڑ میں ضرور ساتھ لے کر جائے گا۔

''ہاں تو بیٹا، اس نے کہا، ''میں 'مرزا' پر بیس پاؤنڈ لگا رہا ہوں اور پانچ پاؤنڈ اس گھوڑے پر لگاؤں گا

جس پر تمہارا دل ہوگا۔"

"ڈیفوڈل، ماموں۔"

"نہیں، ڈیفوڈل پر پانچ پاؤنڈ تو نہیں لگائے جا سکتے!"

"اگر یہ پانچ میرے اپنے ہوتے تو میں ضرور لگاتا۔" بچے نے جواب دیا۔

"اچھا، اچھا، چلو ٹھیک ہے! پانچ میری طرف سے اور پانچ تمھاری طرف سے ڈیفوڈل پر لگا دیتے ہیں۔"

پال نے پہلے کبھی گھڑ دوڑ نہیں دیکھی تھی۔ اس کی نیلی آنکھیں آگ کی طرح چمک رہی تھیں۔ وہ منھ بھینچے وہاں موجود لوگوں کو دیکھ رہا تھا۔ اس کے سامنے کھڑے ایک فرانسیسی نے اپنی رقم 'لانس لوٹ' پر لگائی تھی۔ جوش میں آئے پال نے اس کے بازو کو زور سے ہلایا اور فرانسیسی لہجے میں چلایا۔ "لانس لوٹ۔۔۔۔ لانس لوٹ!"

'ڈیفوڈل' پہلے نمبر پر، 'لانس لوٹ' دوسرے، جب کہ 'مرزا' تیسرے نمبر پر آئے۔ پال کا چہرہ خوشی سے سرخ ہو گیا اور اس کی آنکھوں کی چمک بڑھ گئی جس میں ایک پُر اسرار قسم کی شفافیت تھی۔ ایک چار کی شرط تھی، اس کا ماموں اس کے لئے پانچ پانچ پاؤنڈ کے چار نوٹ لایا اور اس کی آنکھوں کے سامنے لہرا کر چلایا؛ "میں اب ان کا کیا کروں؟"

"میرا خیال ہے کہ ہمیں بیست سے بات کرنی چاہیے۔ لڑکے نے کہا، "اب میرے پاس پندرہ سو، محفوظ کیے بیس اور یہ والے بیس پاؤنڈ ہیں۔"

اس کے ماموں نے کچھ دیر اسے غور سے دیکھا اور پھر بولا؛ "دیکھو بچے! تم بیست اور پندرہ سو پاؤنڈ کے بارے میں سنجیدہ تو نہیں ہو نا! یا کہ ہو؟"

"ہاں، میں سنجیدہ ہوں۔ لیکن ماموں یہ بات ہمارے بیچ ہی رہنی چاہیے۔ آپ کو اپنی عزت کی قسم؟"

"ٹھیک ہے بیٹا، میں اپنی عزت کی قسم دیتا ہوں، لیکن مجھے بیست سے بات کرنا ہوگی۔"

"ماموں! اگر آپ چاہیں تو بیست اور میرے ساتھ شراکت دار بن سکتے ہیں لیکن اس کے لیے شرط یہی ہے کہ آپ کو وعدہ کرنا ہوگا کہ ہمارے بیچ کی بات ہمارے درمیان ہی رہے گی۔ بیست اور میں خوش قسمت ہیں، اور آپ تو ہیں ہی، آپ ہی کے دس شلنگ سے تو میں نے جیتنا شروع کیا تھا۔"

آسکر ایک دوپہر بیست اور پال کو رچمنڈ پارک میں لے گیا اور انھوں نے وہاں آپس میں بات کی۔

"دیکھیں جناب! یہ سلسلہ کچھ ایسے شروع ہوا تھا،" بیست نے کہا، "ماسٹر پال اس وقت مجھ سے گھڑ دوڑوں کے بارے میں پوچھ تاچھ کرتا تھا جب میں سوت بٹ رہا ہوتا تھا اور آپ کو پتہ ہے، وہ مجھ سے یہ ضرور پوچھتا تھا کہ میں جیتا کہ ہارا ہوں۔ سال پہلے کی بات ہے، میں نے 'لالی سحر' نامی گھوڑے پر اس کی طرف سے پانچ شلنگ لگائے تھے اور ہم ہار گئے تھے۔ پھر ان دس شلنگز سے قسمت پلٹ گئی تھی جو آپ نے اسے دیے تھے؛ جنھیں ہم نے 'دسنغلیلز' پر لگایا تھا۔ تب سے اب تک چیزیں بہت مستقل مزاجی سے ہمارے حق میں جارہی ہیں۔

کیوں ایسا ہی ہے نا، ماسٹر پال؟''

''ہمارے ساتھ سب ٹھیک رہتا ہے جب ہمیں پختہ یقین ہوتا ہے۔'' پال بولا، ''البتہ جب ہمیں یقین نہیں ہوتا ہم ہار جاتے ہیں۔''

''جی، اور پھر ہم محتاط ہو جاتے ہیں۔'' بیست نے لقمہ دیا۔

''لیکن آپ دونوں کو پختہ یقین کب ہوتا ہے؟'' آسکر نے مسکراتے ہوئے پوچھا۔

''جناب یہ کمال ماسٹر پال کا ہے''، بیست نے مذہبی تیقن کے ساتھ سرگوشی کی۔ ''یہ ایسے ہی ہے جیسے اسے کوئی جنتی آواز بتا دیتی ہے۔ جیسے ابھی لنکن گھڑ دوڑ میں ڈیفوڈل جیتا ہے۔ یہ ایسے ہی یقینی تھا جیسے مرغی کے دیے ہوئے انڈے۔''

''کیا تم نے بھی ڈیفوڈل پر کچھ لگایا تھا؟''، آسکر کریسویل نے پوچھا۔

''جی جناب، میں نے رقم لگائی تھی۔''

اور میرے بھانجے نے؟''

بیست یہ سن کر خاموش ہو گیا اور پال کی طرف دیکھنے لگا۔

''میں نے بارہ سو جیتے ہیں۔ بیست، ایسا نہیں ہے کیا؟ میں نے ماموں کو بتایا تھا کہ میں نے ڈیفوڈل پر تین سو لگائے تھے۔''

''یہ صحیح ہے۔'' بیست نے سر ہلاتے ہوئے کہا۔

''لیکن پیسے کہاں ہیں؟''، ماموں نے پوچھا۔

''جناب، میں نے انھیں حفاظت سے صندوقچی میں رکھا ہوا ہے۔ ماسٹر پال جس لمحے یہ لینا چاہیں وہ لے سکتے ہیں۔''

''کیا؟ پندرہ سو پاؤنڈز؟''

''اور بیس! اور چالیس، ایسے ہی ہے، اب بیس کے ساتھ جو اس نے آپ کے ساتھ بنائے تھے۔''

''یہ تو حیران کن بات ہے۔'' ماموں نے کہا۔

''اگر ماسٹر پال نے آپ کو شراکت داری کی پیش کش کی ہے تو، اگر آپ برا نہ منائیں، میں آپ کی جگہ ہوتا تو میں فوراً قبول کر لیتا''، بیست نے کہا۔

آسکر نے کچھ دیر سوچا اور پھر بولا: ''میں رقم دیکھنا چاہوں گا۔''

وہ گھر واپس لوٹے اور بیست نے صندوقچی لا کر پندرہ سو پاؤنڈ کے نوٹ آسکر کو دکھائے اور بتایا کہ بیس پاؤنڈ 'ٹرف کمیشن ڈیپازٹ' کے مسٹر 'جوگلی' کے پاس محفوظ پڑے ہیں۔

''ماموں، آپ نے دیکھا، جب مجھے یقین ہوتا ہے تب ہم مزید مالدار ہو جاتے ہیں جس کے ہم حقدار ہیں۔ ہے نا بیست؟''

"ہمارے ساتھ ایسا ہی ہوتا ہے، ماسٹر پال۔"

"اور تمھیں پکا یقین کب ہوتا ہے؟" ماموں نے ہنستے ہوئے پال سے پوچھا۔

"او، ماموں، بعض اوقات مجھے سو فیصد یقین ہوتا ہے، جیسے ڈیفوڈل کے بارے میں تھا،" پال نے جواب دیا، "بعض اوقات مجھے صرف خیال ہوتا ہے اور بعض اوقات وہ بھی نہیں، ایسا ہی ہے نا بیست؟ پختہ یقین نہ ہونے کی صورت میں ہم محتاط ہو جاتے ہیں، کیوں کہ ایسے میں ہم اکثر ہار جاتے ہیں۔"

"لیکن، بچے، تمھیں پختہ یقین کیسے ہوتا ہے، جیسے ڈیفوڈل کی دفعہ ہوا تھا؟"

"اوہو، میں کیا کہوں، مجھے خود نہیں پتہ،" لڑکے نے گھبراہٹ سے کہا۔ "ماموں میرا خیال ہے کہ یہ آپ کو بھی پتہ ہے۔ میں اس سے زیادہ اور کیا کہہ سکتا ہوں۔"

"جناب، یہ کچھ ایسے ہی ہے جیسے ماسٹر پال کو کوئی جنتی آواز آگاہ کرتی ہے۔" بیست نے اپنا کہا پھر سے دوہرایا۔

"ہاں، شاید ایسا ہی ہو۔ میں کیا کہہ سکتا ہوں۔" ماموں نے جواب دیا۔

لیکن آسکر بھی اس شراکت داری میں شامل ہو گیا اور جب پال پر یقین بھرا نزول ہوا کہ 'بھڑکتا شعلہ' نامی گھوڑا، جو کسی کھاتے میں ہی نہ تھا، جیتے گا تو لڑکے نے اس پر ہزار پاؤنڈ لگائے، بیست نے پانچ سو جب کہ آسکر کریسویل نے دو سو پر ہی اکتفا کیا۔ 'بھڑکتا شعلہ' اول رہا، شرط ایک پر دس کی تھی، یوں پال نے دس ہزار پاؤنڈ جیتے۔

"آپ نے دیکھا۔" اس نے کہا، "مجھے اس بار پختہ یقین تھا کہ یہی گھوڑا جیتے گا۔"

آسکر کریسویل نے بھی دو ہزار جیتے تھے۔ وہ بولا: "دیکھو بیٹا، یہ سب مجھے بے چین کر رہا ہے۔"

"ماموں! پریشان ہونے کی ضرورت نہیں ہے، میں شاید اب ایک لمبے عرصے تک اس یقین سے جیتنے والے گھوڑے کے بارے میں بتا نہ پاؤں۔"

"لیکن تم اپنے پیسوں سے کیا کرنا چاہتے ہو؟" ماموں نے پوچھا۔

"مجھے معلوم ہے،" لڑکے نے کہا، "میں نے یہ اپنی ماں کے لیے شروع کیا تھا۔ ان کا کہنا تھا کہ وہ خوش قسمت نہیں ہیں کیوں کہ میرے والد بد قسمت ہیں۔ میں نے سوچا کہ اگر میں خوش قسمت بن جاں تو شاید گھر میں گردش کرنے والی سرگوشی ختم ہو جائے۔"

"کون سرگوشی کرنا بند کر دے؟"

"ہمارا گھر۔ مجھے اس سرگوشی کرنے والے گھر سے نفرت ہے۔"

"یہ کیا سرگوشی کرتا ہے؟"

"کیوں، کیوں۔" لڑکا بے قرار ہو گیا، "کیوں، مجھے معلوم نہیں لیکن، ماموں، گھر میں ہمیشہ پیسوں کی کمی رہتی ہے۔ آپ تو جانتے ہیں۔"

''مجھے معلوم ہے، بیٹا، مجھے معلوم ہے۔''

''آپ کو پتہ ہے کہ لوگ ماں کو عدالتی احکام بھیجتے ہی رہتے ہیں، ایسا نہیں ہے کیا، ماموں!''

''ہاں ایسا ہی ہے۔'' ماموں نے جواب دیا۔

''اور پھر گھر سرگوشیاں کرتا ہے جیسے لوگ آپ کی پیٹھ پیچھے ٹھٹھہ کرتے ہیں۔ یہ ہولناک ہے، اسی لیے میں نے سوچا کہ اگر میں خوش قسمت ہوں۔۔۔''

''تمھیں اب یہ بند کر دینا چاہیے۔'' ماموں بولا۔

لڑکے نے اپنی نیلی آنکھیں ایک بار پھر آسکر پر گاڑ دیں لیکن اس بار اس کی آنکھوں کی آگ پر اسرار طور پر سرد تھی۔ وہ کچھ نہ بولا۔

''اچھا، تو، اب ہم کیا کرنے والے ہیں؟'' آسکر نے کہا۔

''میں یہ نہیں چاہوں گا کہ ماں کو پتہ چلے کہ میں خوش قسمت ہوں۔'' لڑکے نے کہا۔

''کیوں نہیں، بیٹا؟''

''وہ مجھے روک دے گی۔''

''مجھے نہیں لگتا کہ وہ ایسا کرے گی۔''

''پھر بھی'' لڑکا عجیب سے انداز میں تلملایا، ''ماموں، میں نہیں چاہتا کہ انھیں پتہ چلے۔''

''ٹھیک ہے، بچہ، ہم اسے بنا بتائے ہی کچھ بندوبست کرلیں گے۔''

انھوں نے اس کا آسانی سے حل نکال بھی لیا۔ پال نے پانچ ہزار پاؤنڈ اپنے ماموں کے حوالے کیے جس نے انھیں خاندانی وکیل کے پاس جمع کرا دیا۔ وکیل نے بعد میں پال کی ماں کو بتانا تھا کہ اس کا ایک دور پار کا رشتہ دار مرتے وقت اس کے پاس یہ رقم چھوڑ گیا تھا اور ہدایت کی تھی کہ یہ اگلے پانچ سال تک اس کی سالگرہ والے دن ایک ایک ہزار پاؤنڈ کی قسط میں اسے ملتی رہے۔

''یوں تمھاری ماں کو سالگرہ کے تحفے کے طور پر پانچ سالوں تک ایک ہزار پاؤنڈ ملتے رہیں گے اور اس کی زندگی بعد میں بھی سہل رہے گی۔'' آسکر نے اپنے بھانجے کو بتایا۔

پال کی ماں کی سالگرہ نومبر میں ہوتی تھی۔ گھر کی سرگوشیاں زیادہ ہونے لگیں۔ پال کی خوش قسمتی کا جادو بھی اس کا کچھ نہ کر سکا۔ پال سے یہ برداشت نہیں ہو رہا تھا اور وہ منتظر تھا کہ اس کی ماں کو سالگرہ پر ہزار پاؤنڈ کی خوشخبری والا خط ملے اور اس کا اثر سامنے آئے۔

جب مہمان نہ ہوتے تو پال اب اپنے والدین کے ساتھ کھانا کھاتا تھا، کیوں کہ اب وہ آیا کے ضابطے سے نکل چکا تھا۔ اس کی ماں ہر روز شہر جاتی تھی۔ اس نے ایک مصروفیت ڈھونڈ لی تھی۔ اسے کبھی کپڑے اور دوشالے ڈیزائن کرنے کا فن آتا تھا، چنانچہ اس نے اپنی ایک دوست کے اسٹوڈیو میں کام کرنا شروع کر دیا تھا جو ایک نامور درزی کی چیف ڈیزائنر تھی۔ پال کی ماں اس کے لیے فر اور ریشم میں لپٹی عورتوں کی تصویریں بناتی جو

اخباروں میں چھپتیں۔ یہ ڈیزائنر سال کے ہزاروں پاؤنڈ کماتی تھی، جب کہ پال کی ماں کو چند سو ہی مل پاتے تھے۔ اس کام نے بھی اسے مایوس کیا تھا، وہ تو کسی ایک میدان میں پہلے نمبر پر آنا چاہتی تھی لیکن کبھی کامیاب نہ ہو پائی، خاکے بنانے کے اس کام میں بھی نہیں۔

سالگرہ والے دن وہ ناشتے کے لیے نیچے آئی۔ پال نے اس کے چہرے کو اس وقت پڑھنے کی کوشش کی جب وہ وکیل کا خط پڑھ رہی تھی۔ اسے وکیل کے خط کا پتہ تھا۔ جیسے جیسے وہ خط پڑھتی گئی اس کے چہرے پر سختی آتی گئی اور چہرے کے تاثرات غائب ہونے لگے۔ پھر اس کے چہرے پر ثابت قدم لیکن سرد تاثر جم گیا۔ اس نے وکیل کے خط کو دوسرے خطوں کے نیچے چھپا دیا اور اس کے بارے میں ایک لفظ بھی نہ بولا۔

''ماں! سالگرہ کے حوالے سے خط میں سب اچھا تھا نا؟ پال نے پوچھا۔

''ہاں عمومی طور پر سب اچھا تھا۔'' اس نے ایسے کہا جیسے اس کا دماغ کہیں اور ہو، اس کی آواز سخت اور سرد تھی۔ پھر وہ مزید کچھ کہے، اٹھی اور شہر روانہ ہو گئی۔

بعد از دوپہر البتہ ماموں آسکر آیا۔ اس نے پال کی ماں کو بتایا کہ وہ وکیل سے ایک طویل ملاقات کر کے آیا تھا تا کہ اسے قائل کر سکے کہ پورے پانچ ہزار پاؤنڈ اکٹھے مل جائیں، کیوں کہ وہ مقروض تھی۔

''ماموں! آپ کا کیا خیال ہے؟''

''بیٹا، اس کا انحصار تم پر ہے۔''

''تو، ٹھیک ہے، انھیں یہ پیسے اکٹھے ہی لینے دو، ہم جیت کر اور حاصل کر لیں گے۔'' لڑکے نے کہا۔

''بچے! ہاتھ میں پکڑا ایک پرندہ جھاڑی میں بیٹھے دو سے کہیں بہتر ہے۔'' ماموں آسکر نے جواب دیا۔

''لیکن مجھے یقین ہے کہ 'گرینڈ نیشنل' یا 'لنکن شائر' یا پھر کوئی اور 'ڈربی'۔ مجھے ان میں سے کسی ایک بارے میں تو یقینی پتہ چل ہی جائے گا۔'' پال نے کہا۔

اس پر ماموں آسکر نے وکیل کو ہدایت دے دی، یوں پال کی ماں کو یکمشت پانچ ہزار پاؤنڈ مل گئے۔ ساتھ ہی گھر میں عجیب بات ہوئی، سرگوشیاں پاگل ہو گئیں جیسے موسم بہار کی کسی شام کو بہت سے مینڈک کورس میں ٹرا رہے ہوں۔ گھر میں نیا فرنیچر آیا اور پال کے لیے ایک استاد بھی رکھ لیا گیا تا کہ وہ آنے والے موسم خزاں میں، اسے، ایٹن میں، اس کے باپ کے اسکول میں داخل ہونے کے لیے تیاری کروا سکے۔ سردیوں میں گھر پھولوں سے بھرا رہا اور امارت بھی ہر طرف چھائی نظر آنے لگی تھی جو پال کی ماں کی چاہت تھی لیکن آوازیں تھیں کہ بڑھتی جا رہی تھیں؛ آسٹریلوی سدا بہار اور بادام کے پودوں کے پیچھے سے، جھلملاتی گدیوں کے نیچے سے لرزتی آوازیں اور گھٹی چیخوں کی صورت میں سنائیں دیتیں: ''مزید دولت درکار ہے! اوہو۔و۔و؛ اور دولت ضرور چاہیے۔ اوہو، ابھی۔بھی، ابھی۔بھی۔بھی! مزید پیسے لازمی ہونے چاہئیں! پہلے سے بھی زیادہ! پہلے سے بھی زیادہ!''

ان آوازوں نے پال کو بری طرح ڈرا دیا تھا۔ وہ اپنے استاد کے پاس لاطینی اور یونانی پڑھنے جاتا

لیکن اس کا زیادہ وقت بیست کے پاس ہی گزرتا۔ گرینڈ نیشنل گزر چکی تھی؛ اسے جیتنے والے گھوڑے بارے معلوم نہ ہوسکا تھا اور اس نے سو پاؤنڈ گنوا بھی دیے تھے۔ موسم گرما کی آمد آمد تھی۔ اب اسے 'لنکن شائر' کی فکر تھی۔ اس کی آنکھیں جنگلیوں کی مانند عجیب اور کچھ ایسے پھیل گئی تھیں جیسے پھٹ جائیں گی۔

''دفع کرو، زیادہ پریشان مت ہو، جانے دو اسے۔'' ماموں آسکر نے اس سے کہا لیکن ایسا لگتا تھا جیسے اس نے ماموں کی بات سنی ہی نہ تھی۔

''مجھے اس گھڑدوڑ کے بارے جاننا ہی ہوگا! مجھے اس گھڑدوڑ کے بارے جاننا ہی ہوگا!'' بچہ دوہراتا رہا، اس کی چمکتی آنکھوں میں اک پاگل پن امڈ آیا تھا۔

اس کی ماں نے بھی محسوس کیا کہ اس کا بیٹا پریشان خیال اور مخبوط الحواس ہوگیا ہے۔

''تمھیں کچھ عرصے کے لیے ساحل سمندر پر چلے جانا چاہیے۔ کیا یہ بہتر نہ ہوگا کہ تم یہاں رہنے کی بجائے سمندر کنارے چلے جاؤ؟ میرا خیال ہے ہوا بدلی تمھارے لیے بہتر ثابت ہوگی۔'' اس نے پال کو تشویش سے دیکھتے ہوئے انجانی وجہ سے ہوئے بھاری دل کے ساتھ کہا۔

لیکن بچے نے اپنی اسرار بھری نیلی آنکھیں اوپر اٹھائیں۔

''ماں! یہ ممکن نہیں ہے کہ میں لنکن شائر گھڑدوڑ سے پہلے یہاں سے جاسکوں۔'' اس نے کہا، ''ایسا ممکن ہی نہیں ہے۔''

''کیوں نہیں؟''، ماں بولی، اس کی آواز اس وقت بھاری ہوجاتی تھی جب کوئی اس کی مخالفت کرتا تھا۔ ''کیوں نہیں؟ اگر تمہاری ڈربی دیکھنے کی خواہش اتنی شدید ہے تو تم اپنے ماموں آسکر کے ساتھ ساحل سمندر سے بھی اسے دیکھنے جاسکتے ہو۔ یہاں رہ کر انتظار کرنے کی ضرورت نہیں ہے۔ ویسے بھی تم ان دوڑوں کے کچھ زیادہ ہی شوقین ہوتے جا رہے ہو۔ یہ کوئی اچھی علامت نہیں ہے۔ میرا خاندان جوا کھیلنے میں مشہور رہا ہے اور تمھیں پتہ ہی نہیں کہ تمھارے ہوش سنبھالنے تک جوا بازی نے اسے کتنا نقصان پہنچا دیا تھا۔ مجھے بیست کو نوکری سے نکالنا پڑے گا اور آسکر سے بھی کہنا پڑے گا کہ وہ تم سے گھڑدوڑوں کی باتیں نہ کیا کرے تاوقتیکہ تم اس بارے میں ذمہ دارانہ رویے کا وعدہ نہیں کرتے؛ گھڑدوڑ کو بھول جاؤ اور ساحل سمندر جانے کے لیے تیار ہوجاؤ۔ تم تو میرے ذہن پر سوار ہوگئے ہو۔''

''ماں! میں آپ کی ہر بات مانوں گا، جیسا چاہیں گی ویسا ہی کروں گا، بس مجھے گھڑدوڑ سے پہلے یہاں سے جانے کے لیے مت کہیں۔'' پال گڑگڑایا۔

''کہاں سے دور بھیجنے کی بات کر رہے ہو؟ صرف اس گھر سے دور؟''

''جی۔'' پال نے اپنی ماں کو گھورتے ہوئے کہا۔

''کیوں، تم بھی عجیب بچے ہو، تمھیں اس گھر کی ایک دم سے فکر کیوں ہونے لگی۔ مجھے تو معلوم ہی نہ تھا کہ تمھیں اس گھر سے محبت ہے۔''

وہ بنا بولے ماں کو گھورتا رہا۔ اس کے راز میں بھی ایک راز تھا، ایسا جسے اس نے نہ تو بیست کو بتایا تھا اور نہ ہی ماموں آسکر کو اس کی بھنک پڑنے دی تھی۔

اس کی ماں کچھ دیر تو تذبذب میں کھڑی رہی پھر روکھے منھ سے بولی: ''چلو ٹھیک ہے، اگر تم نہیں چاہتے تو ڈربی تک ساحل سمندر پر مت جاؤ لیکن تمھیں وعدہ کرنا ہوگا کہ تم گھڑ دوڑوں اور ڈربی جیسے واقعات کے بارے نہیں سوچو گے۔''

''ٹھیک ہے ماں۔'' پال نے لاپرواہی سے کہا، ''میں ان سب کے بارے میں کچھ زیادہ نہیں سوچوں گا۔ آپ فکر نہ کریں ماں۔ آپ پریشان نہ ہوں۔ اگر میں آپ کی جگہ ہوتا تو میں بالکل پریشان نہ ہوتا۔''

''اگر تم میں ہوتے اور میں تم،'' اس کی ماں نے کہا، ''تو پتہ نہیں کیا ہو جاتا۔''

''لیکن ماں، آپ کو پریشان نہیں ہونا چاہیے۔'' لڑکے نے دوبارہ کہا۔

''مجھے یہ جان کر بہت خوشی ہوئی ہے۔'' اس کی ماں نے افسردگی سے کہا۔

''اوہ، آپ خوش ہو سکتی ہیں، میرا مطلب بھی یہی تھا کہ آپ جان لیں اور پریشان ہونا چھوڑ دیں۔'' اس نے پھر اصرار کیا۔

''ایسا بھی کیا؟ ٹھیک ہے میں دیکھتی ہوں۔'' ماں نے جواب دیا۔

پال کے راز میں چھپا راز اس کا کاٹھ کا گھوڑا تھا۔ وہ جس کا کوئی نام نہ تھا۔ جب سے وہ آیا کے ضابطے سے آزاد ہوا تھا، اس نے بچوں کے کھیلنے والے کمرے سے اپنا گھوڑا اوپر کی منزل پر اپنے سونے والے کمرے میں رکھوا لیا تھا اور جب وہ ایسا کر رہا تھا تو اس کی ماں نے اسے سرزنش کرتے ہوئے کہا تھا: ''اب تم بڑے ہو گئے ہو اور اب تمھارے کاٹھ کے گھوڑے سے کھیلنے کے دن نہیں ہیں۔''

''وہ تو ٹھیک ہے ماں! لیکن جب تک مجھے ایک اصلی گھوڑا نہیں مل جاتا، میں اپنے کمرے میں اسے رکھنا چاہوں گا۔'' پال نے اپنی منطق جتائی۔

اس کی ماں یہ سن کر ہنس پڑی اور بولی: ''اب یہ تمھارا دل بھلا کیا بہلائے گا۔''

''پر ماں! یہ بہت اچھا ہے، میں جب بھی اس کے پاس ہوتا ہوں یہ میرا دل بہلاتا ہے۔'' پال بولا۔

چنانچہ کاٹھ کا گھوڑا، جو اب پرانا ہو چکا تھا پال کے کمرے میں منتقل کر دیا گیا تھا، جو اب وہاں ایسے اکڑا اکھڑا تھا جیسے لڑکے کی قید میں ہو۔

جیسے جیسے ڈربی نزدیک آ رہی تھی، لڑکے کی پریشانی بھی بڑھتی جا رہی تھی۔ اب وہ خود سے کی گئی باتوں پر کم ہی دھیان دیتا تھا۔ وہ لاغر ہو گیا تھا اور اس کی آنکھوں میں پراسراریت پہلے سے کہیں زیادہ ہو گئی تھی۔ اس کی ماں یہ حالت دیکھ کر بے چین رہنے لگی۔ بعض اوقات تو وہ کچھ دیر کے لیے اتنی پریشان اور ذہنی کوفت میں مبتلا ہو جاتی کہ اس کا دل کرتا کہ وہ بھاگ کر جائے اور اسے دیکھے کہ وہ ٹھیک ٹھاک ہے بھی یا نہیں۔

ڈربی سے دو راتیں قبل وہ شہر میں ایک پارٹی میں گئی ہوئی تھی، جہاں اسے ایسی ہی بے چینی کا احساس

ہوا، اپنے پہلوٹھی کے بچے کے لیے یہ احساس اتنا شدید تھا کہ اس کے منھ سے الفاظ بھی نہ نکل پا رہے تھے۔ وہ اپنے آپ میں اس بے چینی سے لڑنے لگی، لیکن دل کسی کروٹ چین ہی نہیں لے رہا تھا۔ اس نے رقص کا کمرہ چھوڑا اور نیچے جا کر گھر فون کیا۔ بچوں کی آیا درمیان شب فون کی گھنٹی کی آواز سن کر متعجب ہوئی۔

''مسز وِلموٹ! بچے ٹھیک ہیں کیا؟''

''جی ہاں مالکن! وہ ٹھیک ٹھاک ہیں۔''

''اور ماسٹر پال؟ کیا وہ بھی ٹھیک ہے؟''

''وہ تو سونے کے لیے وقت پر ہی اپنے کمرے میں چلا گیا تھا۔ مالکن! کیا میں اوپر جاؤں اور اس پر ایک نظر ڈال آؤں؟''

''نہیں،'' پال کی ماں نے تذبذب کے عالم میں کہا، ''نہیں! یہ تکلیف اٹھانے کی ضرورت نہیں۔ ٹھیک ہے آپ بھی جا کر سو جائیں۔ ہم بس گھر کے لیے نکل ہی رہے ہیں۔'' وہ نہیں چاہتی تھی کہ آیا اس کے بیٹے کی خلوت میں مداخلت کرے۔

''ٹھیک ہے، مالکن۔'' آیا نے جواب دیا۔

پال کے والدین رات ایک بجے گھر واپس آئے۔ ہر طرف سکوت طاری تھا۔ پال کی ماں اپنے کمرے میں گئی اور اس نے سفید فر کا اپنا لبادہ اتارا۔ اس نے اپنی ملازمہ کو پہلے ہی کہہ دیا تھا کہ وہ جا کر سو جائے اور اس کے آنے کے انتظار میں نہ بیٹھی رہے۔ اسے نیچے سے اپنے خاوند کی وہسکی اور سوڈا ملانے کی آواز آ رہی تھی۔

اس کے دل پر چھائی بے چینی، جو ابھی موجود تھی، کے ہاتھوں مجبور ہو کر وہ دبے پاؤں اپنے بیٹے کے کمرے کی طرف بڑھی۔ اسے لگا کہ کمرے سے ایک مدھم آواز ابھری تھی۔ یہ کیسی آواز تھی؟

وہ جامد جسم کے ساتھ کمرے کے باہر کھڑی تھی اور آواز سن رہی تھی جو بھاری تو تھی لیکن زیادہ اونچی نہ تھی۔ اسے لگا جیسے اس کے دل نے دھڑکنا بند کر دیا ہے۔ بے آواز شور تھا کہ تیز سے تیز تر اور گہرا ہوتا جا رہا تھا، جیسے کوئی بڑی شے بے قابو ہو کر لیکن تال میں حرکت کر رہی ہو۔ یہ کیسی آواز تھی؟ یا خدایا! یہ کیا ہو رہا ہے؟ وہ جاننا چاہتی تھی۔ اسے محسوس ہو رہا تھا جیسے وہ اس آواز کو پہچانتی ہے۔ اسے جانتی ہے لیکن یہ کیا ہے، وہ سمجھ نہ پائی۔ آواز آتی رہی اور جنونی حد پار کرنے لگی۔

خوف و بے چینی سے جکڑی پال کی ماں نے دروازے کے دستے کو آہستگی سے گھمایا۔

کمرے میں اندھیرا تھا، پھر بھی اس نے کھڑکی کے نزدیک کسی شے کو آگے پیچھے ہوتے دیکھا اور اس سے پیدا ہونے والی آواز کو سن لیا تھا۔ وہ خوف اور حیرانی سے ٹکٹکی باندھے اسے دیکھتی رہی۔

پھر اس نے ایک دم کمرے کے بلب کا بٹن دبا دیا۔ اس نے دیکھا کہ اس کا بیٹا اپنے سبز سونے کے کپڑوں میں مجذوبی کیفیت میں کاٹھ کے گھوڑے پر آگے پیچھے لہرا رہا تھا۔ بلب کی روشنی نے اسے اچانک اس حالت میں آشکار کر دیا تھا جب وہ کاٹھ کے گھوڑے کو اور تیز ہلنے کے لیے زور لگا رہا تھا۔ روشنی نے ماں کو بھی نہلا دیا

تھا جو اپنے بھورے، سبز اور چمکیلے رات کے لباس میں دروازے میں کھڑی تھی۔
''پال!'' وہ چلائی، ''تم یہ کیا کر رہے ہو؟''
''یہ 'مالابار' ہے!'' وہ طاقتور لیکن عجیب آواز میں چیخا، ''یہ 'مالابار' ہے۔''
اس نے شعلہ بھری آنکھوں کے ساتھ ایک لمحے کے لیے ماں کو دیکھا اور کاٹھ کے گھوڑے سے زور آزمائی بند کر دی۔ پھر وہ دھم سے زمین پر گر گیا۔ اس کی ماں مادرانہ شفقت کا جذبہ لیے تیزی سے آگے بڑھی کہ اسے اٹھا سکے۔
لیکن وہ بے ہوش تھا اور سرسام کی وجہ سے بیہوش ہی رہا۔ وہ بڑبڑا رہا تھا جب کہ اس کی ماں اس کے پاس پتھر ہوئی بیٹھی تھی۔
''مالابار! یہ مالابار ہے! بیست، بیست، مجھے معلوم ہے! یہ مالابار ہے!''
پھر اس کی آنکھوں سے آنسو بہہ نکلے اور اس نے بیہوشی کے عالم میں ہی اٹھنے کی کوشش کی اور کاٹھ کے گھوڑے کی طرف بڑھنا چاہا جس نے اسے مالابار کا عندیہ دیا تھا۔
''مالابار سے اس کا کیا مطلب ہے؟'' ماں نے پوچھا، جس کا دل صدمے سے بھاری تھا۔
''مجھے معلوم نہیں ہے۔'' باپ نے پتھریلی آواز میں جواب دیا۔
''مالابار سے اس کا کیا مطلب ہے؟'' ماں نے اپنے بھائی آسکر سے پوچھا۔
''یہ ڈربی میں دوڑنے والے ایک گھوڑے کا نام ہے۔'' آسکر نے جواب دیا۔
آسکر کریسویل نے مالابار کا نام بیست کو بھی بتایا اور ان دونوں نے اس گھوڑے پر ایک ایک ہزار پاؤنڈ لگا دیئے۔ مالابار پر ایک، چودہ کی شرط تھی۔
پال کی بیماری کا تیسرا دن کڑا تھا: وہ اس کی حالت میں تبدیلی کی توقع کر رہے تھے۔ پال اپنے گھنگریالے بالوں والے سر کو بار بار تکیے پر پٹخ رہا تھا۔ نہ وہ ہوش میں آیا اور نہ ہی سکون سے سو پایا۔ اس کی نیلی آنکھیں پتھرا گئی تھیں۔ پاس بیٹھی ماں کو لگا جیسے اس کے دل کی دھڑکن گم ہو گئی ہے اور اس کا جسم پتھرا گیا ہے۔
اس شام آسکر نہ آیا البتہ بیست کا پیغام آیا کہ وہ اوپر آ کر ماسٹر پال کو ایک منٹ کے لیے دیکھنا چاہتا ہے، صرف ایک منٹ کے لیے۔ پال کی ماں کو بیست کی اس مداخلت پر پہلے تو غصہ آیا لیکن پھر اس نے، یہ سوچ کر کہ شاید بیست کو دیکھ کر اس کا بیٹا ہوش میں آ جائے، اسے اوپر آنے کی اجازت دے دی۔
چھوٹے قد، بھوری مونچھوں اور چُنی بھوری آنکھوں والا مالی لنگڑاتا ہوا کمرے میں داخل ہوا۔ وہ پال کی ماں کے سامنے تعظیم سے جھکا، پھر پال کے بستر کے پاس جا کر کھڑا ہو گیا اور اپنی چُنی روشن آنکھوں سے تکیے پر سر پٹختے اور مرتے ہوئے بچے کو دیکھنے لگا۔
''ماسٹر پال!'' اس نے سرگوشی کی، ''ماسٹر پال! مالابار پہلے نمبر پر رہا، یہ ایک واضح جیت تھی۔ میں نے ویسے ہی کیا جیسا آپ نے کہا تھا۔ آپ کو ستر ہزار سے زائد کی جیت ہوئی ہے۔ اب آپ کے پاس اسی ہزار پاؤنڈز

سے زیادہ کی رقم ہے۔ مالا بار کے بارے میں آپ کا کہا سچ ثابت ہوا ہے، ماسٹر پال۔''

''مالا بار! مالا بار! کیا میں نے مالا بار کہا تھا، ماں؟ کیا میں نے مالا بار کہا تھا؟ آپ کا کیا خیال ہے ماں؟ کیا میں خوش قسمت نہیں ہوں؟ مجھے مالا بار کے بارے میں معلوم تھا، کیا ایسا نہیں تھا؟ اسی ہزار سے زیادہ پاؤنڈز! میں تو اسے خوش قسمتی کہتا ہوں، آپ کیا کہتی ہیں، ماں؟ اسی ہزار سے زیادہ پاؤنڈز! مجھے معلوم تھا، کیا ایسا نہیں تھا؟ مجھے معلوم تھا؟ مالا بار نے دوڑ جیت ہی لینی تھی۔ میں اگر اپنے گھوڑے پر اس وقت تک سواری کرتا رہتا ہوں جب تک مجھے یقین نہیں ہو جاتا۔ میں تب تمہیں گھوڑے کا نام بتاتا ہوں، بیسٹ، اور پھر تم اتنا اونچا جا سکتے ہو جتنا تم چاہتے ہو۔ کیا تم نے مالا بار پر سارا پیسہ لگایا، بیسٹ؟''

''میں نے اس پر ایک ہزار لگائے تھے، ماسٹر پال۔''

''ماں! میں نے آپ کو کبھی نہیں بتایا کہ جب میں اپنے کاٹھ کے گھوڑے پر سوار ہوتا ہوں تو اس وقت تک سوار رہتا ہوں جب تک مجھے پختہ یقین نہ ہو جائے۔ اوہ، کامل یقین، ماں! کیا میں نے آپ کو کبھی بتایا؟ میں خوش قسمت ہوں!''

''نہیں بیٹا، تم نے کبھی ایسا نہیں کہا۔'' اس کی ماں نے جواب دیا۔

اس رات پال مر گیا۔

اور جب وہ بستر پر مرا پڑا تھا تو اس کی ماں کو اپنے بھائی کی آواز آ رہی تھی: ''اُف میرے خدا، ہیسٹر، اب تم اسی ہزار پاؤنڈز کی مالک ہو جب کہ بیچارا شیطان کا بچہ رُل گیا، یہاں تک کہ وہ اس جہان سے بھی گیا، ایک دوسرے جہان میں جہاں وہ کاٹھ کے گھوڑے پر بیٹھا کسی اور جیتنے والے گھوڑے کا متلاشی ہے۔

حاشیہ

(۱) ڈی ایچ لارنس نے الفاظ Lucker اور Lucre استعمال کیے ہیں جن کی ادائیگی ایک جیسی ہے۔

(۲) 'نیٹ گولڈ' (Nathaniel Gould) = برطانوی ناول نگار (۱۸۵۷ء تا ۱۹۱۹ء) جو ایک کامیاب ادیب بننے سے پہلے ایک اچھا گھڑ سوار بھی تھا۔ اس نے ۱۳۰ کے لگ بھگ ناول لکھے تھے جن میں سے اکثر بیسٹ سیلر رہے تھے۔ ان ناولوں کی مرکزی تھیم 'گھڑ دوڑیں' ہوا کرتی تھیں۔

(۳) پینیز = Pennies

(۴) آپ کو اپنی عزت کی قسم = Honour Bright

ثبوت حاضر ہے

گراہم گرین (برطانیہ)

ترجمہ: ستار طاہر

ہینری گراہم گرین (۲ اکتوبر ۱۹۰۴ء - ۳ اپریل ۱۹۹۱ء) معروف انگریزی ناول نگار، افسانہ نویس، ڈرامہ نگار، انشا پرداز اور نقاد تھے۔ دوسری جنگ عظیم میں وہ وزارت خارجہ سے منسلک رہے۔ ۱۹۲۶ء میں انھوں نے رومی کاتھولک میسحیت اختیار کرلیا۔ ان کا پہلا ناول ایک سنسنی خیز تاریخی ناول تھا جس میں جرائم، دھوکے بازی اور کامیابی وناکامی کے واقعات بیان کیے گئے تھے مگر ان کو عوامی شہرت "استنبول ٹرین" نامی ناول سے ملی۔ ان کے افسانوں کے کئی مجموعے شائع ہو چکے ہیں۔ فلمی دنیا کے لیے ان کا ڈرامہ 'تھرڈ مین' بڑا مشہور ہوا۔ فلموں پر تنقیدات کا ایک مجموعہ بھی چھپا۔ ان کے مقالات اور تبصروں کے دو مجموعے شائع ہوئے جن سے عالمی سیاست سے ان کی دلچسپی ظاہر ہوتی ہے۔ انھوں نے دو سوانح عمریاں بھی لکھیں۔

کوئی بڑا کہانی کار اپنے قاری کو کس طرح چونکاتا ہے، اس کا ثبوت حاضر ہے۔

تھکی ہوئی آواز مبہم اور بے معنی تھی۔ کوئی لفظ سمجھ میں نہ آرہا تھا۔ بے ربط، بے ترتیب آواز۔ کرنل کراشا جھنجھلا رہا تھا، اسے یقین تھا کہ تقریر کرنے والا بیمار ہے، تبھی تو اوٹ پٹانگ بکتا چلا جارہا تھا۔ اس نے غور سے مقرر کی طرف دیکھا۔ اس کی شکل پر مردنی چھائی ہوئی تھی۔ کرنل کراشا نے سوچا، ''کبھی یہ کتنا طاقتور اور صحت مند نوجوان تھا۔ میں نے ہی ہمالیہ کی اونچی چوٹیوں کو سر کیا تھا اور آج یہی نوجوان میجر دیور کی صورت میں بوڑھا اور کمزور ہوگیا ہے۔ کرنل کراشا کو افسوس ہورہا تھا۔ اس نے میجر دیور کی درخواست پر اجلاس کیوں بلایا؟ میجر دیور کی طرف سے اسے ایک درخواست ملی تھی کہ کلب کے رکن کی حیثیت سے وہ ایک اہم موضوع پر کلب کے ارکان سے

خطاب کرنا چاہتا ہے۔ کرنل کراشا کلب کا صدر تھا، اس نے اجلاس بلانے کا حکم جاری کر دیا، اور اب اجلاس ہو رہا تھا اور سامعین بور ہو رہے تھے۔ کیوں کہ میجر دیور کی کوئی بات ان کے پلے نہ پڑ رہی تھی۔ میجر دیور جب اجلاس سے خطاب کرنے آیا تو کرنل کراشا کو بڑی حیرت ہوئی کہ میجر دیور نے تیز خوشبو لگا رکھی ہے۔ اس کے کوٹ کی اوپر والی جیب میں لگا ہوا سفید رومال گویا خوشبو میں بھیگا ہوا تھا۔ کئی خواتین نے خوشبو سونگھ کر ناک سکیڑ لیے تھے۔

میجر دیور نے جب اپنی عجیب وغریب آواز میں تقریر شروع کی تو الفاظ کسی حد تک سمجھ میں آ رہے تھے۔ وہ کہہ رہا تھا، ''روح ہر چیز سے قوی ہے۔ دل و دماغ اور اعصاب سب روح کے تابع ہیں۔ روح توانا ہے اور روح کو کبھی موت نہیں آتی۔ تم لوگ تصور بھی نہیں کر سکتے کہ روح کتنی طاقتور ہو سکتی ہے۔'' اس کے بعد اس کی آواز پھٹ گئی۔ لفظ ریزہ ریزہ ہو گئے۔ صرف مطلب عنقا ہو گیا اور ایک عجیب طرح کی آواز گونجتی رہی، پھٹی ہوئی آواز۔ لوگ اپنی اپنی کرسیوں پر بیٹھے پہلو بدل رہے تھے، بے چین تھے۔ ایک خاتون نے اپنی سلائیاں اور اون نکالی اور بُنائی میں مصروف ہو گئی۔ میجر دیور کا ایک جملہ پھر سمجھ میں آ گیا۔ وہ کہہ رہا تھا، ''انسانی جسم مر جاتا ہے مگر روح کبھی نہیں مرتی، روح لافانی ہے۔''

ایک بار پھر اس کی گفتگو بے معنی اور بے ربط ہو گئی، پھر میجر دیور چیخا۔ ''یہ بڑی اہم بات ہے، میں آپ کو کہانی سناتا ہوں۔'' اس جملے کو سن کر سامعین نے ایک لمحہ کے لیے اپنی توجہ اس کی طرف مبذول کر لی لیکن دوسرے ہی لمحہ میجر دیور پھر پٹڑی سے اتر چکا تھا اور سمجھ میں نہ آنے والے الفاظ میں کچھ کہتا چلا جا رہا تھا۔

کرنل کراشا نے دیکھا کہ تقریر کرتے وقت میجر دیور اب بار بار اپنے گلے پر ہاتھ پھیر رہا ہے۔ وہ چونکہ صدر کی حیثیت سے اس کے قریب بیٹھا تھا، اس لیے کچھ الفاظ جو دوسروں تک پہنچ ہی نہ سکتے تھے، اس کے کانوں میں پڑ جاتے تھے۔ کرنل کراشا میجر دیور کو جوانی کے دنوں سے جانتا تھا اور اسی لیے اب حیران تھا کہ اسے کیا ہو گیا ہے، اس کی یہ بوجھل اور کبھی چیختی اور کبھی دم توڑتی ہوئی آواز، بے مقصد آواز۔ کبھی کبھی کوئی جملہ سمجھ میں آ جاتا تھا اور پھر آواز، الفاظ کو اپنے اندر اس طرح گم کر لیتی کہ الفاظ کا کچھ پتہ نہ چلتا تھا اور صرف آواز سنائی دیتی رہتی۔

''ایک بار جب میں شملہ گیا،'' میجر دیور کہہ رہا تھا۔ کرنل کراشا نے اس کی بات کو دھیان سے سننے کی کوشش کی مگر میجر دیور پھر پٹڑی بدل چکا تھا اور جانے کیا کیا کہہ رہا تھا۔

سامعین کی تیسری قطار میں بیٹھا ہوا ڈاکٹر براؤن اٹھ کھڑا ہوا۔ اس کے ہاتھ میں ایک چٹ تھی جو اس نے ایک آدمی کو تھما دی کہ وہ مجلس کے صدر کرنل کراشا کو دے دے۔

ڈاکٹر براؤن ایک درمیانے قد کا تیز طرار انسان تھا۔ دوستوں میں یہ مشہور تھا کہ وہ کسی عقیدے پر یقین نہیں رکھتا۔ مجلس کے صدر کرنل کراشا کے نام اس نے اپنے رقعہ میں لکھا: ''کیا آپ اسے روک نہیں سکتے، یہ شخص شدید بیمار ہے۔ اور پھر وہ جو کچھ کہہ رہا ہے، نہ تو کسی کو اس کی سمجھ آ رہی ہے اور نہ ہی اس میں کوئی ربط ہے۔''

یہ رقعہ پڑھ کر کرنل کراشا نے دائیں بائیں اور سامنے دیکھا، سامعین مقرر کو طنزیہ نگاہوں سے دیکھ رہے تھے، اس کی آواز گونج رہی تھی، پھٹ رہی تھی، دم توڑ رہی تھی، اور صرف مطلب غائب تھا۔ کرنل کراشا کو میجر

دیور پر رحم آنے لگا۔ اس نے اپنے دل میں کہا، آخر اسے تقریر کرنے کی کیا سوجھی تھی۔ اس کے سفید رومال سے اٹھتی ہوئی تیز خوشبو نتھنوں میں گھسی جا رہی تھی۔ ادھر میجر دیور کہہ رہا تھا، ''اس کا ٹھوس ثبوت پیش کر سکتا ہوں کہ انسان مر جاتا ہے مگر روح زندہ رہتی ہے۔ آپ کو ثبوت چاہیے تو لیجیے ثبوت حاضر ہے۔''

اس کی آواز پھر لفظوں سے محروم ہو گئی اور خالی آواز رہ گئی۔ کرنل کراشا نے اپنی گھڑی اتار کر اس کے سامنے رکھ دی، یہ ایک اشارہ تھا کہ اب تقریر کا وقت ختم ہو چکا ہے، لیکن میجر دیور نے گھڑی کو دیکھنے کے باوجود کسی ردعمل کا اظہار نہ کیا، وہ بولتا چلا گیا۔ کرنل کراشا حیران تھا کہ آخر میجر دیور کہنا کیا چاہتا ہے۔ میجر دیور کی آواز کبھی گونجتی، کبھی سرگوشی میں تبدیل ہو جاتی اور درمیان میں بعض اوقات ایسے لمحے بھی آتے کہ جیسے آواز کا گلا گھونٹ دیا گیا ہو اور بعض اوقات تو ایک عجیب صورت پیدا ہوتی۔ میجر دیور کے جبڑے ہلتے رہتے اور حلق سے کوئی آواز نہ نکلتی، وہ اپنے ہاتھ کی انگلیوں سے میز بجانے لگتا۔

توقع کے برعکس میجر دیور خود ہی کرسی پر بیٹھ گیا، اس کا سر پیچھے کی طرف لٹک گیا۔ ایک خاتون اسے اس حال میں دیکھ کر چیخی۔ ڈاکٹر براؤن کرسیوں کی قطاروں میں سے تیزی سے گزرتا ہوا اسٹیج پر پہنچا اور میجر دیور پر جھک گیا۔ کرنل کراشا نے کہا کہ جب ڈاکٹر براؤن نے میجر دیور کی جیب سے رومال نکالا تو اس کے ہاتھ کانپ رہے تھے اور پھر اس نے سرگوشی میں کرنل کراشا سے کہا۔ ''ان سب لوگوں سے کہہ دو کہ یہاں سے پہلے چلے جائیں، یہ تو مر چکا ہے۔''

ڈاکٹر براؤن کی آواز میں ایک عجیب طرح کا ارتعاش تھا، عموماً ڈاکٹر جس لہجے میں موت کا اعلان کیا کرتے ہیں، وہ لہجہ تو نہ تھا۔ ڈاکٹر براؤن نے اپنی زندگی میں موت کو مختلف انداز میں، مختلف روپ میں دیکھا تھا۔ وہ آدمی جنھوں نے اپنی جان اپنے ہاتھوں سے لی تھی، وہ آدمی جو میدان جنگ میں مارے گئے تھے، وہ انسان جو غیر معمولی بیماریوں کا شکار ہوئے ان سب کو دیکھ کر اس کے چہرے پر وہ تعجب اور وہ پریشانی کبھی نہ جھلکی تھی جو میجر دیور کے مردہ چہرے کو دیکھ کر نمایاں ہو گئی تھی۔

ڈاکٹر براؤن نے حیرت سے بوجھل آواز میں کہا، ''میجر دیور کی موت ابھی واقع نہیں ہوئی، اسے مرے کم از کم ایک ہفتہ ہو چکا ہے۔''

کرنل کراشا چند منٹوں تک تو گم سم بیٹھا رہا۔ اس کے خیالات تک منجمد ہو گئے، پھر وہ سوچنے لگا، تو اچھا یہ تھا اصل ماجرا۔ اس لیے میجر دیور نے اجلاس بلانے کی درخواست لکھی تھی۔ وہ سات دن پہلے مر چکا تھا، لیکن اپنے اس عقیدے کو ثابت کرنے کے لیے کہ روح کبھی نہیں مرتی اور انسانی جسم روح کے تابع ہوتا ہے، اس نے اپنی روح کو مجبور کیا تھا کہ وہ اپنی ابدیت کا اظہار کرے۔ اس نے جسم کی مدد کے بغیر روح کو بولنے پر مجبور کیا تھا۔ اس لیے تو اس کے بیشتر الفاظ کسی کی سمجھ میں نہ آئے تھے۔

کرنل کراشا کے کانوں میں میجر دیور کی روح کی آواز گونجنے لگی، ''جسم مر جاتا ہے مگر روح زندہ رہتی ہے۔ روح کبھی نہیں مرتی، آپ کو ٹھوس ثبوت چاہیے تو لیجیے ثبوت حاضر ہے۔''

ایک پتنگے کی موت

ورجینیا وولف (برطانیہ)

ترجمہ: انور سدید

ورجینیا وولف (۲۵ جنوری ۱۸۸۲ء۔ ۲۸ مارچ ۱۹۴۱ء) لندن میں پیدا ہوئیں۔ ان کے والد (Leslie Stephen) ایک ادیب تھے۔ گھر میں خوش حالی اور ورجینیا نے اپنے بہن بھائیوں کے ساتھ اسکول جانے کی بجائے گھر پر ہی تعلیم حاصل کی۔ وہ ۱۳ برس کی تھیں کہ ان کی والدہ کا انتقال ہو گیا اور وہ پہلی مرتبہ ایک بڑے نفسیاتی بحران سے دو چار ہوئیں۔ اس کے کچھ عرصے بعد ہی وہ جنسی زیادتی کا نشانہ بنیں اور یہ واقعہ عمر بھر کے ایک روگ کی شکل اختیار کر گیا۔ ۱۹۱۳ء میں معروف ادبی نقاد Leonard Woolf کے ساتھ شادی کے چند ہی مہینے بعد انھوں نے خودکشی کی پہلی کوشش کی، تاہم ادب تخلیق کرنے کے سلسلے میں ان کی رفتار بدستور تیز رہی۔ ۱۹۱۲ء میں ان کا پہلا ناول 'The Voyage Out' شائع ہو چکا تھا۔ اس کے بعد کے برسوں میں ان کے کئی ناول شائع ہوئے جن میں انسان کے شوری تانے بانے کو بیان کرنے کی کوششیں کی گئی تھیں۔

اگرچہ ورجینیا وولف کے ناول آج بھی اہم ادبی تخلیقات میں شمار ہوتے لیکن ان کی اصل وجۂ شہرت ان کے بعد کے دور کے مضامین ہیں۔ ۱۹۲۹ء میں ان کا مضمون 'A Room of One's Own' شائع ہوا۔ اس میں انھوں نے ادب تخلیق کرنے والی خواتین کے خراب حالات کی طرف لوگوں کو متوجہ کیا تھا۔ وہ مغربی دنیا میں حقوق نسواں کی تحریک کی بانی شخصیات میں شمار ہوتی ہیں۔ ان کی یہ پہچان اتنی زیادہ نمایاں ہے کہ کبھی کبھی ان کا ایک بے مثل ادیبہ ہونا پس منظر میں چلا جاتا ہے۔

ان پر بار بار مایوسی کے دورے پڑتے تھے، انھیں آوازیں سنائی دیتی تھیں اور وہ کئی کئی روز تک کام نہیں کر سکتی تھیں۔ دوسری عالمی جنگ کے دوران ۱۹۴۰ء میں جرمن جنگی طیاروں نے ان کے لندن کے گھر کو تباہ کر دیا۔ ۲۸ مارچ ۱۹۴۱ء کو انھوں نے ایک ندی میں چھلانگ لگادی اور اس میں ڈوب کر اپنی تمام مایوسیوں سے ہمیشہ کے لیے نجات پا گئیں۔

ڈاکٹر انور سدید (۴ دسمبر ۱۹۲۸ء۔ ۲۰ مارچ ۲۰۱۶ء) اردو کے معروف مدیر، نقاد اور شاعر تھے۔ ۱۹۴۸ء سے ۱۹۶۶ء تک انور سدید نے سرگودھا سے شائع ہونے والے اردو ماہنامہ 'اردو زبان' کی ادارت کی۔ ۱۹۸۸ء سے ۱۹۹۲ء تک وزیر آغا کے 'اوراق' سے جڑے تھے۔ اس کے علاوہ ۱۹۹۰ء سے ۱۹۹۵ء تک 'قومی آواز' کے مدیر اعلیٰ تھے اور ۱۹۹۵ء میں روزنامہ 'خبریں' لاہور کے مدیر بنے۔ اس کے بعد کچھ سال روزنامہ 'نوائے وقت' کے ادارتی عملے کی قیادت بھی کی۔ ان کی تصنیفات کی تعداد گیارہ ہے۔

ان دنوں مختلف اقسام کے موسمی بھنورے فضا میں ہر طرف اڑتے دکھائی دیتے ہیں لیکن انھیں صحیح معنوں میں پتنگا شمار کرنا مناسب نہیں۔ وجہ یہ ہے کہ اس قسم کے بھنورے خزاں کی اندھیری راتوں اور بکسنی ہوئی عشق پیچاں کی شاخوں کا وہ خوشگوار اور طرب افزا تاثر پیدا نہیں کرتے جو کپڑوں کی پھولوں بھری اوٹ میں چھپا ہوا بسنتی پروں والا ایک عام سا پتنگا پیدا کر دیتا ہے۔ بھنورا تو موسمی مخلوق ہے جو نہ پتنگے کی طرح اداس ہے اور نہ تتلی کی طرح مسرور۔ بایں ہمہ میں جس پتنگے کی بات اب کر رہا ہوں، اس کا رنگ گھسیالا تھا۔ اس کے جسم کے ساتھ چھوٹے چھوٹے خوبصورت پر بھنچے ہوئے تھے اور ان پروں کے ساتھ گھس رنگ کی سبز خوش وضع جھالریں بھی آویزاں تھیں۔ یہ پتنگا میرے سامنے والی کھڑکی کے ایک شیشے کے ساتھ لگا ہوا تھا اور موجودات حیات پر مطمئن نظر آتا تھا۔

وسط ستمبر کی اس شفیق، حلیم اور خوشگوار صبح کو میں اپنی میز پر بیٹھا کام کر رہا تھا۔ موسم گرما کی حدت اب ختم ہو چکی تھی اور فضا میں معطر خنکی سی پھیل گئی تھی۔ سامنے کھیت میں ایک کسان ہل چلا رہا تھا۔ ہل کا پھالا زمین میں اترتا تو مٹی دب جاتی اور اس کے اندر کا نم سورج کی کرنوں میں چمکنے لگتا۔ زمین کتنی جگ پال تھی۔ کسان کی محنت کو سرفراز کرنے کے لیے اس نے اپنا سینہ ہل کی انی کے سامنے رکھ دیا تھا۔ خیال کی اس پرواز نے میرے تن بدن میں ایک عجیب سا تحرک پیدا کر دیا۔

کتاب میرے سامنے کھلی پڑی تھی لیکن میں اس پر توجہ مرکوز کرنے سے قاصر تھا۔ میں نے زمین سے نظر ہٹا کر آسمان کی طرف دیکھا، آسمان کی بسیط فضاؤں میں ہزاروں سیاہ رنگ پرند محو پرواز تھے، ارے! یہ تو کائیں کائیں کرنے اور بچوں کی روٹی اڑانے والے ندیدے کوّے تھے۔ لیکن آج ان پر سرشاری کی ایک عجیب کیفیت طاری تھی اور وہ سب ہم آواز ہو کر موسیقی کا ایک لمبا لہرا اٹھا رہے تھے۔ یوں لگتا تھا جیسے جشن عید منا رہے ہوں۔ میں

نے محسوس کیا کہ یہ کوّے نہیں تھے بلکہ درختوں کی پھننگوں پر پھیلا ہوا ایک طویل وعریض جال تھا جس میں ہزاروں سیاہ گرہیں پڑی ہوئی تھیں اور گرہوں سمیت یہ جال فضا میں مسلسل گردش کر رہا تھا۔ چند لمحے بعد یہ جال کسی بڑے درخت کو اوڑھ لیتا تو یوں لگتا جیسے درخت کی ہر شاخ میں ایک کالی سی گانٹھ پڑ گئی ہو۔ پھر اچانک غول کا غول چیختا ، چلاتا اور شور مچاتا ہوا آسمان کی طرف اڑ جاتا اور آہستہ آہستہ ایک بڑے خوش شکل دائرے کی صورت اختیار کر لیتا۔ کوّوں کے اس جال کا فضا میں پھیلنا اور اچانک درخت میں سمٹنا؛ قبض وبسط کا ایک ایسا پر لطف نظارہ تھا جس کی مسرت لفظوں میں بیان کرنا ممکن نہیں۔ یہ منظر تو آنکھوں کے راستے خود بخود دل میں اتر جانے والا منظر تھا۔

اس دلکش کیفیت میں میری نظر کھڑکی کے شیشے کے ساتھ اٹکے ہوئے گھس رنگے پتنگے میں اٹک گئی۔ اخاہ! آفت کا یہ پرکالہ اب شیشے کی شفاف اور لچک دار سطح کے ساتھ محوِ خرام تھا اور ایک کونے سے دوسرے کونے کی طرف وطری سمت میں چکر لگا رہا تھا۔ پتنگا اپنی تمام تر داخلی قوت سے سرشار تھا اور اس قوت کو بروئے کار لا کر ایک بڑی مہم کو سر کرنے کی کوشش کر رہا تھا۔ مجھے محسوس ہوا کہ وہ طاقت جو کووں کو اڑنے ، گھوڑوں کو دوڑنے اور کسان کو ہل چلانے کے لیے فعال اور متحرک رکھتی ہے وہی طاقت اب اس حقیر سے پرندے کے جسم میں بھی سرایت کر گئی تھی اور وہ شیشے کو پار کرنے کے لیے ایک ایسی مہم پر نکل کھڑا ہوا تھا جسے سر کرنا ممکن نہ تھا، لیکن پتنگے نے اپنی ناتوانی کا احساس کیے بغیر اس بڑے چیلینج کو قبول کر لیا تھا۔ میرے دل میں ہمدردی کا طرفہ جذبہ بیدار ہوا۔ میں اسے مہم آرائی سے تو نہ روک سکا لیکن اپنے جذبہ تجسس کو آسودگی فراہم کرنے کے لیے اسے مزید انہماک سے دیکھنے لگا۔

اس روز اکتساب مسرت کے ممکنات اتنے فراواں اور متنوع تھے کہ مجھے زندگی کے عمل میں اس پتنگے کی موجودگی بھی بامعنی نظر آنے لگی۔ پتنگے کی مشقت آزما جدوجہد کی اس پوری زندگی کا مشکل ترین عمل نظر آتا تھا لیکن جس والہانہ سرخوشی ، استقلال اور ولولہ سے وہ محدود امکانات سے مسرت کا آخری قطرہ تک نچوڑنے میں مصروف تھا، وہ بذاتِ خود جذبات انگیز اور روح پرور منظر تھا۔ پتنگا جوش اور سرگرمی سے شیشے کے ایک کونے کی طرف لپکتا ، وہاں ایک لمحہ کے لیے رکتا، پھر پہلے سے بھی زیادہ وارفتگی کے ساتھ دوسرے کونے میں جا بیٹھتا۔ اس نے شیشے کے دو کھونٹوں کا سفر نپٹا ڈالا تھا اور ان کا مشاہدہ بچشمِ خود کر لیا تھا۔ اب تیسرا یا چوتھا کھونٹ ہی دیکھنا باقی رہ گیا تھا اور وہ اس میں ہمہ تن مصروف تھا۔ اسے دنیا و مافیہا کی کچھ خبر نہیں تھی۔ حالاں کہ سامنے طویل وعریض پہنائیاں آسمان کی بیکراں وسعتیں حدِ نظر تک پھیلے ہوئے مکانات اور ان سے اٹھتا ہو بل دار دھواں اور سمندر کی جانب سے جہازوں کی اِکّا دُکّا سیٹیاں سب فضا کی میکانیکی یکسانیت کو توڑنے میں معاونت کر رہی تھیں اور ان میں ایک خاص نوع کی جاذبیت بھی تھی لیکن پتنگے کو تن بدن کا ہوش نہیں تھا۔ اسے ان میں سے کسی کے ساتھ بھی کچھ واسطہ نہیں تھا۔ اس کا تو ایک ہی مقصد تھا کہ کسی طرح شیشے سے پار ہو جائے۔ مقصد میں اس کی والہانہ شیفتگی کو دیکھ کر مجھے احساس ہوا کہ زندگی نے پتنگے کو عزم وعمل کے ایک بے حد باریک تار کے ساتھ باندھا ہوا تھا اور اس وقت دنیا کی تمام قوت حوصلہ اور استقلال اس کے جسمِ ناتواں میں مجتمع کر دیا گیا تھا، چنانچہ اس نے جتنی مرتبہ بھی شیشے کا میدان عبور کیا اتنی مرتبہ ہی وہ مجھے حقیقی زندگی کا سرچشمہ نظر آیا۔

بلاشبہ وہ جسمانی اعتبار سے بہت حقیر اور ناتواں تھا۔ کائنات میں اس کا وجود لغوی طور پر عنقا کے برابر تھا لیکن فی الوقت تو وہ ہمہ تن زندگی تھا۔ قوت کا یہ وجود حقیقی بظاہر چکیلے شیشے پر لڑھکتا جا رہا تھا لیکن درحقیقت وہ میرے اور میرے جیسے ان گنت دوسرے لوگوں کے ذہنوں کی تنگ اور الجھی ہوئی گلیوں میں سے اپنا راستہ بنا رہا تھا۔ اس پتنگے میں ضرور کوئی نادر اور انوکھی بات تھی۔ یوں لگتا تھا جیسے کسی نے خاص زندگی کی چھوٹی سی مالا میں لطافت اور فنکاری سے نرم نرم بال اور چھوٹے چھوٹے پر ٹانک دیے ہیں اور اسے ہم جیسے دنیا دار انسانوں پر راز حیات منکشف کرنے لے لیے آڑھے ترچھے راستوں پر رقص کرنے کے لیے چھوڑ دیا گیا ہو۔

پتنگا سر پُرغرور اٹھائے باوقار انداز میں محوسفر تھا۔ وہ کھڑکی کے شیشے کو غریب وغیور انسان کی طرح زیر پا لاتا۔ اور جب زندگی افروز افتخار کے ساتھ سطح سے بلند ہو کر فاتحانہ انداز میں اپنے چاروں کھونٹ دیکھتا تو یوں محسوس ہوتا جیسے یہ تمام عالم رنگ و بو اس کی جد وجہد کے سامنے حقیر تھا لیکن اسی لمحہ مجھے یہ خیال آتا کہ آفت کا یہ پر کالہ اگر کسی اور صورت میں پیدا ہوتا تو کیا ہوتا اور اس خیال کے آتے ہی دل میں ایک مبہم سی اداسی، ایک موہوم سی افسردگی پھیلنے لگتی۔

چندے بعد مجھے محسوس ہوا کہ پتنگا اس مسلسل رقص درویش سے تھک سا گیا ہے اور آرام کے لیے شیشے کے کنارے کے ساتھ لگی ہوئی چوکھٹ کے ساتھ چمٹ کر دھوپ سینک رہا ہے۔ زندگی کے خارجی منظر پر اب قدرے جمود طاری ہو گیا تھا۔ گرد و پیش کا تحرک رکا ہوا تھا۔ میں نے پتنگے سے اپنی توجہ ہٹالی اور اپنے کام میں مصروف ہو گیا لیکن چند لمحے بعد جب اچانک اوپر دیکھا تو نگاہ پھر پتنگے پر جا پڑی۔ وہ اپنے چھوٹے پر پھیلا کر دوبارہ ناچنے کی کوشش کر رہا تھا لیکن اب اس کا بدن تھکن سے چور تھا اور اس کے جسم میں پہلے جیسی والہانہ سرگرمی نظر نہیں آتی تھی، چنانچہ جب ایک دفعہ زور لگا کر اس نے شیشے کے دوسرے کھونٹ میں جانے کی کوشش کی تو وہ کامیاب نہ ہو سکا۔ میں نے اس کی سعیِ رائیگاں کو درخورِ اعتنا نہ سمجھا بلکہ لاشعوری طور پر انتظار کرنے لگا کہ پتنگا ابھی اپنی جدِ وجہد کا آغاز خود کار انداز میں کر دے گا، وہ مجھے اس مشین کی مثال لگا جو چلتے چلتے رک جاتی ہے تو نقص کا ازالہ کرنے یا اس کی وجہ دریافت کیے بغیر ہم یہ توقع کرتے ہیں کہ مشین ابھی چل پڑے گی۔

پتنگے نے کم وبیش سات مرتبہ حرکت کرنے کی کوشش کی لیکن پھر اچانک اپنے پر پھڑ پھڑا کر وہ کھڑکی کی دہلیز پر پشت کے بل گر پڑا۔ اب اس کی بے چارگی اور بے بسی نے میری اپنی توجہ اپنی طرف مبذول کر لی۔ مجھے احساس ہوا کہ پتنگا کسی بڑی مشکل سے دو چار ہے اور حرکت نہیں کر سکتا۔ اس کی پشت زمین کے ساتھ ٹکی ہوئی تھی اور آسمان کی طرف اٹھی ہوئی ٹانگیں بے ثمر جد وجہد کر رہی تھیں۔ میں نے انگیخت دینے کے لیے اس کی طرف پنسل بڑھائی لیکن اس پر کچھ اثر نہ ہوا۔ اس کی ناکامی اور ناکارگی درحقیقت موت کا پیش خیمہ تھی، میں نے پنسل میز پر رکھ دی اور پتنگے کو مزید توجہ سے دیکھنے لگا۔ اس کی ٹانگوں میں ایک دفعہ پھر ہیجانی تحرک پیدا ہوا۔ شاید وہ اپنے کسی دشمن سے نبرد آزما تھا۔ میں نے اِدھر اُدھر اس دشمن کو تلاش کرنے کے لیے دیکھا لیکن وہاں تو بس اوندھا پڑا ہوا پتنگا ہی موجود تھا۔

میں نے ایک نظر باہر دیکھا وہاں کیا ہو رہا تھا؟ شاید اب دوپہر ہو گئی تھی۔ کھیتوں میں کام رُکا پڑا تھا۔ جہاں پہلے زندگی کا تحرک اور ہماہمی تھی، وہاں اب سکوت اور خاموشی نے ڈیرے ڈال دیے تھے۔ کوّے پیاس بجھانے کے لیے چشمے کی طرف اُڑ گئے تھے۔ گھوڑے خاموشی سے سر نہوڑے کھڑے تھے۔ کھیت کے عین وسط میں کسان کا ہل اوندھا پڑا تھا اور بیل درخت کے نیچے بیٹھے ہانپ رہے تھے لیکن ان سب کی کیفیت گھس رنگے پتنگے سے مختلف تھی۔ ان سب میں حیات کی داخلی قوت موجود تھی۔ بس اس کا عمل چند لمحوں کے لیے رک گیا تھا اور اس کا اخراج کسی مخصوص جہت میں نہیں ہو رہا تھا لیکن پتنگا تو اپنی زندگی جیسے صرف کر چکا تھا۔ وہ جبر مشیت کا شکار تھا اور میں اس المناک لمحے میں اس کے لیے کچھ بھی نہیں کر سکتا تھا، ماسوا اس کے کہ اس کی ننھی منی ٹانگوں کی غیر معمولی نوعیت کی حرکت کا مشاہدہ کرتا رہوں اور سوچوں کہ مشیت نے پورے شہر کو اسی طرح اپنے پنجوں میں لے رکھا ہے۔ صرف ایک شہر ہی نہیں یہ پنجہ تو پورے عالم انسانیت پر محیط ہے اور اس سے کسی کو مفر نہیں۔

قنوطیت اور پژمردگی کے اس غلبے میں، میں نے دیکھا کہ پتنگے نے اپنی تھکن اتار دی تھی۔ اس کی ٹانگیں ایک ہلّے میں پھڑ پھڑا اٹھی تھیں اور یہ ہلّہ اتنا شوریدہ اور مضطربانہ تھا کہ پتنگا اسی میں اپنی ٹانگوں کے بل کھڑا ہو گیا۔ بلا شبہ میری تمام ہمدردی زندگی کے ساتھ تھی اور مجھے قطعاً امید نہیں تھی کہ جہد للبقا کی اس کوشش میں پتنگا کامیاب بھی ہو سکے گا لیکن جب وہ اکڑ کر سیدھا کھڑا ہو گیا تو میں واقعی انگشت بدنداں رہ گیا اور میرے منہ سے بے اختیار صدائے تحسین نکل گئی۔

ایک دفعہ پھر میرے سامنے زندگی نے ایک زمردیں مالا کی متحرک صورت اختیار کر لی تھی۔ میں نے پتنگے کو شاباش دینے کے لیے پنسل آگے بڑھائی لیکن میری یہ کاوش بیکار گئی۔ پتنگے نے پنسل کے لمس کو محسوس تک نہ کیا اور اب جیسے مرحلۂ شوق طے ہو گیا تھا۔ اب سب کچھ بے کار تھا۔ زندگی اپنی بازی ہار چکی تھی۔ پتنگے کا جسد خاکی زندگی کے سمندر میں تیرتے تیرتے آسودۂ ساحل ہو چکا تھا۔ جہد للبقا ختم ہو چکی تھی۔ پتنگے نے موت کو چھو لیا تھا۔ میں نے جب مرے ہوئے پتنگے کو دیکھا تو ایک عجیب سی حیرت نے مجھے اپنی لپیٹ میں لے لیا۔ موت کی عظیم قوت نے کتنی حقیر سی مخلوق کو اپنا حریف سمجھ لیا تھا؟ اسے اپنے پنجہ آزمائی میں دبوچ کر کیا موت فتح یاب ہو گئی تھی؟ کیا اس کی یہ یلغار بہت بڑی کامیابی سے ہم کنار ہو چکی تھی؟ چند لمحے پہلے زندگی میرے لیے ایک پراسرار قوت تھی لیکن اب موت مجھے اب ایک اجنبی طاقت نظر آنے لگی۔

پتنگا میرے سامنے سکون اور شائستگی کے ساتھ زمین پر پڑا تھا۔ اس کے ہونٹوں پر ایک بھی حرف شکایت نہیں تھا، اس کی آنکھیں مندی ہوئی تھیں لیکن اس کا جسم شانت تھا۔ شاید وہ کہہ رہا تھا کہ: 'میں قوی ہوں لیکن موت مجھ سے بھی زیادہ طاقت ور ہے۔'

بورڈنگ ہاؤس

جیمس جوئس (آئرلینڈ)

ترجمہ: انور عنایت اللہ

آئرش ناول نگار جیمس جوئس (۲ فروری ۱۸۸۲ء۔ ۱۳ جنوری ۱۹۴۱ء) ڈبلن کے مضافات میں پیدا ہوئے۔ گریجویٹ ہونے کے بعد وہ پیرس چلے گئے۔ جب وہ پیرس پہنچے تو ان کے پاس ایک یا دو پونڈ تھے، کچھ نظمیں اور ڈبلن کے میئر کی ایک سفارشی چٹھی تھی۔ لیکن یہاں جلد ہی افلاس و مصائب نے اسے گھیر لیا۔ وہ سستے ہوٹلوں میں رہتا رہا۔ 'یولیسس' کا بڑا حصہ انھی تجربات پر مبنی ہے۔ اسی دوران وہ ایک ہنس مکھ، بڑے بڑے بالوں والی ایک لڑکی نورا جوزف سے ملے جسے ادب سے تو کوئی دلچسپی نہ تھی لیکن جو بہت دلکش اور خوبصورت تھی۔ جلد ہی جوئس نے اس سے شادی کر لی اور یہ دونوں روزگار کے وعدہ پر زیورخ چلے آئے۔

جوئس کی داستان حیات کا اہم حصہ اس کشمکش پر مشتمل ہے جو انھیں ناشروں سے معاملہ کرنے اور کتاب شائع کرانے کے سلسلے میں پیش آئی۔ 'Chamber Music' کو چار ناشروں نے شائع کرنے سے انکار کر دیا اور ایک نے تو مسودہ ہی واپس کرنے سے انکار کر دیا۔ اور جب ۱۹۰۷ء میں وہ شائع ہوا تو جوئس کو رائلٹی کا ایک پیسہ نہیں ملا۔ 'Dubliner' ۱۹۰۵ء سے لے کر ۱۹۱۴ء تک شائع نہ ہو سکا، اور جب وہ انھیں خود شائع کرنے ڈبلن گیا تو ناشر نے سارے ٹائپ توڑ دیے اور انھیں بہت پریشان کیا۔

ان کے تین بچے تھے۔ وہ اب تک غیر معروف اور مفلوک الحال تھے اور بہت تنگدستی کی زندگی بسر کر رہا تھا۔ ۱۹۱۴ء میں ایذرا پاؤنڈ نے امیجسٹ انتھولوجی کے سلسلے میں انھیں ایک خط لکھا اور ایک نظم شائع کرنے کی اجازت طلب کی۔ جوئس نے نہ صرف اجازت دے دی

بلکہ 'Portrait' کا مسودہ بھی بھیج دیا، جو 'ایگو اسٹ' میں قسط وار شائع ہوتا رہا۔

پہلی جنگ عظیم کے دوران میں وہ زیورخ ہی میں تھے۔ ان کی آنکھیں خراب ہو چکی تھیں اور افلاس نے انھیں بری طرح گھیر لیا تھا۔ اسی حالت میں انھوں نے 'یولیسس' (Ulysses) مکمل کرنا شروع کیا۔ ۱۹۲۰ء میں پاؤنڈ نے انھیں پیرس چلے جانے کے لیے کہا جہاں ۱۹۲۱ء میں اس نے 'یولیسس' مکمل کر لی۔ ۱۹۱۹ء میں 'Little Review' جہاں 'یولیسس' قسط وار چھپ رہا تھا، فحش نگاری کے الزام میں ضبط کر لیا گیا۔ ایڈیٹروں کے انگوٹھوں کے نشانات لیے گئے، مقدمہ چلایا گیا اور سو ڈالر جرمانہ ہوا۔ یہ دیکھ کر ناشر نے کتاب شائع کرنے سے انکار کر دیا، تاوقتیکہ جوئس اسے قانون کے مطابق نہ بنا دیں۔ انگلستان میں اس کے شائع ہونے کا سوال ہی پیدا نہیں ہوتا تھا۔ پیرس میں یہ شائع ہوا۔ یہ کتاب اس وقت شائع ہوئی جب جوئس چالیس سال کے ہوئے۔ پہلا ایڈیشن اس کا ہاتھوں ہاتھ بک گیا۔ کسی نے اسے بیسویں صدی کی عظیم کتاب کہا اور کسی نے اسے مہمل ترین کتاب کا نام دیا۔ اس کے دوسرے ایڈیشن کی پانچ سو کاپیاں امریکہ میں ڈاک خانہ نے ضبط کر لیں اور انھیں فحش کہہ کر جلا دیا۔ انگلستان میں بھی ساری کاپیاں ضبط کر لی گئیں۔

آخری عمر جوئس نے پیرس میں گزاری۔ ان کی آنکھوں کا دس بار آپریشن کیا گیا۔ وہ تقریباً اندھے ہو چکے تھے۔ تنگ دستی، بیوی کی علالت اور شدید ذہنی دباؤ نے ان پر ایسا خراب اثر ڈالا کہ وہ السر کے مریض ہو گئے اور اسی کے آپریشن میں وہ چل بسے۔

جوئس کو بارہ زبانیں آتی تھیں، وہ سفید شراب کے رسیا تھے مگر صرف رات کو پیتے تھے۔ رقص اور گانے کا شوقین تھا۔ انگلیوں میں انگوٹھیاں، ہاتھوں میں بید آنکھ پر موٹے موٹے شیشے۔ بادلوں کی گڑگڑاہٹ، متلاطم پانی اور کتوں سے حد درجہ خوف کھاتے تھے۔ ان کی تحریریں یورپ کے اخلاقی اور ذہنی بحران کی گرتی دیواروں کی مظہر ہیں۔ زندگی بھر وہ تکلیفیں اٹھاتے رہے اور آج انھیں سب متفقہ طور پر عظیم فنکار تسلیم کرتے ہیں مگر جوئس اب ان سب چیزوں سے بے نیاز ہو چکے ہیں۔ 'بورڈنگ ہاؤس' ان کی نمائندہ کہانیوں میں سے ایک ہے۔

مسز مونی دراصل ایک قصاب کی بیٹی تھیں۔ وہ ایک ایسی ثابت قدم، اٹل ارادوں والی خاتون تھیں جنھیں راز داری خوب آتی ہے۔ انھوں نے اپنے باپ کے نائب سے شادی کی تھی جو کبھی ملازمین کی نگرانی پر مامور تھا۔ شادی کے بعد انھوں نے اسپرنگ گارڈنز کے قریب گوشت کی ایک دوکان کھول لی تھی، لیکن خسر کے انتقال کے فوراً بعد مونی برے راستے پر پڑ گیا۔ اسے بہت سی بری لتیں پڑ گئیں اور وہ اپنی تباہی کی انتہا کو پہنچ کر بری طرح سے قرضدار ہو گیا۔ اسے راہ راست پر لانے کی تمام کوششیں رائیگاں گئیں، کیوں کہ وہ اپنے وعدوں پر کبھی نہ ٹک سکا۔ کبھی وہ توبہ کرتا بھی تو دیکھتے ہی دیکھتے چند ہی دنوں میں توبہ کو توڑ تاڑ کر پھر اسی راستے پر پڑ جاتا۔ اس کی یہی

حالت کچھ دنوں تک رہی اور پھر اس نے گاہکوں کی موجودگی میں بھی اپنی بیوی کے ساتھ لڑنا جھگڑنا شروع کردیا اور اس کے ساتھ بدسلوکی سے پیش آنے لگا۔ ان باتوں کے علاوہ اس نے خراب گوشت کی خرید وفروخت بھی شروع کردی۔ اس کی کاروباری ساکھ بھی بگڑ گئی۔ چنانچہ اس طرح اس نے اپنے اعمال سے اپنا کاروبار خود ہی تباہ کرلیا۔ ایک رات اس نے شراب کے نشے میں دھت بیوی پر اس بڑے چھرے سے حملہ کیا جو گوشت کاٹنے کے کام آتا تھا۔ بے چاری بیوی کو اس رات اپنے ایک پڑوسی کے یہاں پناہ لینی پڑی۔

اس سانحہ کے بعد مسز مونی نے اپنے شوہر سے علیحدگی اختیار کرلی۔ وہ پادری کے پاس گئیں اور انھوں نے اپنے میاں سے طلاق حاصل کرلی۔ بچے ان ہی کی نگرانی میں آئے۔ میاں نے مصالحت کی کوشش کی لیکن بیوی نے نہ تو اسے روپے دیے اور نہ رہنے کو جگہ اور تو اور وہ اس کے کھانے پینے کی ذمہ داری تک قبول کرنے پر راضی نہ ہوئی۔ مجبوراً مایوس ہوکر مونی نے ضلع کے افسر اعلیٰ کے یہاں ملازمت کرلی۔ وہ ایک چھوٹے سے قد کا شرابی تھا جو پھٹے حالوں رہتا۔ کثرت شراب نوشی کی وجہ سے اس کی صحت خراب تھی۔ کمر جھک گئی تھی اور چہرہ سفید پڑ گیا تھا۔ مونچھیں اور بھویں تک قبل از وقت سفید ہوگئیں تھیں۔ آنکھیں چھوٹی چھوٹی سی تھیں جن میں ہمیشہ گلابی ڈورے پڑے رہتے، صبح سے شام تک وہ قرق امین کے دفتر میں بیٹھا کسی نہ کسی مزدوری کا منتظر رہتا۔

کاروبار سے جو کچھ بچا کھچا مل سکا، مسز مونی نے اس میں اپنا حصہ لے لیا اور پھر اس سرمایہ سے ہارڈوک اسٹریٹ میں ایک اقامت خانہ کھولا۔ ان کے ہوسٹل میں عموماً اس شہر میں آنے جانے والے لوگ ٹھہرا کرتے۔ اکثر لیورپل اور آئل آف مین سے آنے والے سیاح یہاں آتے۔ ان کے علاوہ کبھی کبھار مقامی میوزک ہالز کے موسیقار بھی آجایا کرتے۔ کچھ لوگ ایسے بھی تھے جنھوں نے یہاں مستقل سکونت اختیار کررکھی تھی۔ ان کی اکثریت شہر میں کام کرنے والے کلرکوں کی تھی۔ مسز مونی بڑے ہاتھ پیر کی چوڑی چکلی رعب دار خاتون تھیں۔ وہ بڑی مہارت، ذہانت اور ثابت قدمی سے یہ ہوسٹل چلانے لگیں۔ وہ اس سے بہت اچھی طرح واقف تھیں کہ چیزیں کب اُدھار دینی چاہئیں، کس کے ساتھ سختی برتنی چاہیے، اور یہ بھی کہ کب کون سی بات نظرانداز کردینی چاہیے۔ مستقل طور پر ہوسٹل میں رہنے والے نوجوان انھیں میڈم کے نام سے پکارا کرتے۔

یہ نوجوان مسز مونی کو قیام وطعام کے پندرہ شلنگ ہفتہ وار ادا کیا کرتے۔ اگر رات کے کھانے کے ساتھ انھیں شراب کی ضرورت محسوس ہوتی تو وہ اس کی قیمت علیحدہ ادا کرتے۔ چونکہ بڑی حد تک وہ سب ہم پیشہ تھے، ان کا ذوق بھی ایک سا تھا اور پسند ونا پسند بھی ایک ہی تھی، اس لیے ان میں آپس میں بڑا بھائی چارہ تھا۔ وہ جب بھی ملتے بڑی بے تکلفی سے مقامی سیاست کے ساتھ ساتھ اپنے افسروں کے منظور نظر نوجوانوں اور نوارد وغیروں کے حالات اور ان کے مستقبل کے بارے میں تبادلۂ خیالات کرتے۔ میڈم کا لز کا جیک مونی، فلیٹ اسٹریٹ کے ایک کمیشن ایجنٹ کے یہاں کلرک تھا۔ اس کے بارے میں مشہور تھا کہ بڑا سخت جان ہے۔ عادتیں اس کی بھی کچھ اچھی نہیں تھیں۔ اسے سپاہیوں کی سی فحاشی بہت پسند تھی۔ وہ عموماً رات گئے گھر لوٹتا۔ جب بھی وہ اپنے ساتھ رہنے والے دوستوں سے ملتا، اس کے پاس سنانے کے لیے ہمیشہ داستانوں کا خاصا ذخیرہ ہوتا۔ ریس

میں جیتنے والے کسی نہ کسی گھوڑے یا کسی بڑے موسیقار کے بارے میں وہ عموماً کچھ نہ کچھ ضرور گوہر افشانی کرتا۔ غالباً تھیٹر والوں سے بھی اس نے تعلقات بڑھا رکھے تھے۔ وہ مزاحیہ گانے خوب لطف لے کر گایا کرتا۔ عموماً اتوار کی رات کو مسز مونی کے ڈرائنگ روم میں ہم مشرب اور ہم خیال لوگوں کی محفل جمتی۔ ان صحبتوں میں، میوزک ہالز کے موسیقار اکثر دل بستگی کا سامان پیدا کرتے۔ شیریڈن ساز پر سنگت کرتے۔ وہ گانے والوں کی سنگت کرنے کے علاوہ والٹز اور پولکاس وغیرہ کی قسم کے ناچوں کی دھنیں بھی بجاتے۔ میڈم کی جوان لڑکی پولی بھی عموماً ان جلسوں میں شرکت کرتی۔ وہ اکثر عام پسند اور مقبول عام گیتوں سے حاضرین کا جی بہلاتی۔

پولی انیس سالہ دبلی پتلی لڑکی تھی۔ اس کے نرم مخملی بال تھے اور چھوٹا سا حسین دہانہ تھا اور اس کی آنکھیں بھوری سبزی مائل تھیں۔ وہ جب بھی کسی سے بات کرتی عموماً اپنی نگاہیں اوپر کی طرف رکھتی۔ اپنی اس عجیب سی عادت کی وجہ سے وہ ایک چھوٹی سی تنک مزاج گمراہ میڈونا لگتی۔ مسز مونی نے بیٹی کو ایک دفتر میں ٹائپسٹ کی ملازمت دلوا دی تھی۔ لیکن اس کے بعد یہ ہوا کہ ضلع کے افسرِ اعلیٰ کے دفتر کا ایک بدنام شخص ہر دوسرے تیسرے دن وہاں پہنچنے لگا اور اس کی بیٹی سے ایک آدھ بات کرنے کی اجازت مانگنے لگا۔ اس کی وجہ سے پولی کو خاصی مصیبت کا سامنا کرنا پڑا۔ چنانچہ ان ہنگاموں سے اُکتا کر میڈم نے اپنی بیٹی کو نوکری سے استعفیٰ دلوا دیا اور وہ گھر کے کام کاج میں اپنی ماں کا ہاتھ بٹانے لگی۔ پولی خاصی زندہ دل اور تیز طرار واقع ہوئی تھی۔ گھر کا انتظام اس کے سپرد کرنے کا غالباً ایک مقصد یہ بھی تھا کہ اس طرح کسی معقول نوجوان سے اس کی ملاقات ہو جاتی اور وہ اسے اپنے لیے پسند کر سکتی۔ یہ گھریلو انتظام وہاں رہنے والے نوجوانوں کو بھی خاصا بھایا۔ ایک نوجوان عورت کو اپنے قریب محسوس کر کے اور یہ جان کر کہ ایک لڑکی ان ہی کے درمیان رہ رہی ہے، انھیں خاصا ذہنی سکون ملتا۔ ظاہر ہے پولی اس کا خوب فائدہ اٹھاتی اور ناز و انداز دکھا کر خود ہی خوب محظوظ ہوتی۔ لیکن مسز مونی کو انسانی کردار کی بہت اچھی پرکھ تھی۔ انھیں اس کا خوب اندازہ تھا کہ ان تمام نوجوانوں کو صرف خوش وقتی سے دلچسپی تھی، وہ صرف اچھا وقت گزار رہے تھے۔ ان میں سے ایسا کوئی بھی نہ تھا جسے صحیح معنوں میں پولی میں دلچسپی ہو۔ دن یونہی گزرتے رہے۔ حالات یونہی بدستور رہے۔ ایک وقت ایسا بھی آیا جب انہوں نے مایوس ہو کر پولی کو دوبارہ کسی دفتر میں ٹائپسٹ کی ملازمت دلوانے کے بارے میں سنجیدگی سے سوچنا شروع کر دیا۔ لیکن اسی زمانے میں یکایک انھیں اس کا احساس ہوا کہ پولی اور ایک دوسرے نوجوان کے درمیان کچھ سلسلہ چل نکلا ہے جو حوصلہ افزا نظر آتا ہے۔ انھوں نے خاموشی سے دونوں کی نگرانی شروع کر دی اور زبان سے کچھ نہ کہا۔

پولی کو اس کا احساس تھا کہ اس کی نگرانی ہو رہی ہے۔ ماں کی اس خاموشی کا راز کچھ کچھ تو اس کی سمجھ میں آ ہی رہا تھا، لیکن پھر بھی وہ پورے طور پر یہ نہ جان سکی کہ اس کی ماں نے سب کچھ سمجھتے ہوئے بھی اس قدر ثابت قدمی سے خاموشی کیوں اختیار کر رکھی ہے۔ ماں بیٹی کے تعلقات یوں تو ٹھیک تھے لیکن وہ بے تکلفی کے درجے تک نہ تھے۔ ان کے درمیان کبھی مکمل طور پر یک جہتی پیدا نہیں ہوئی تھی۔ دونوں نے کبھی کھلے بندوں ایک دوسرے کو سمجھنے کی کوشش نہیں کی تھی۔ دیکھتے دیکھتے اس عاشقی نے یہ صورت اختیار کر لی کہ گھر کے دیگر تمام افراد میں چہ

میگوئیاں شروع ہوگئیں۔اس کے باوجود مسز مونی نے کسی قسم کی مداخلت نہیں کی۔اس پر پولی کی روش میں ایک عجیب تبدیلی پیدا ہوگئی۔وہ ہر وقت کچھ گھبرائی گھبرائی سی رہتی اور وہ نوجوان بھی اب ہر وقت پریشان پریشان سا نظر آتا۔یوں لگتا جیسے اندر ہی اندر اسے کوئی پریشانی کھائے جارہی ہو۔اور پھر آخر کار وہ دن بھی آپہونچا جب مسز مونی نے غالباً یہ فیصلہ کرنے کے بعد کہ اب صحیح وقت آن پہونچا ہے، اس چوری چھپے، پھلتے پھولتے عشق کے خلاف اپنا پہلا قدم اٹھایا۔انھوں نے خاصے غور وفکر کے بعد، پورے فیصلہ کن انداز میں بڑی ذہانت اور بڑی چابکدستی سے اس مسئلے کے اخلاقی پہلو سے ابتدا کی۔

ابتدائی گرمیوں کے دن تھے۔موسم میں تپش کے آثار تو ضرور تھے لیکن تازہ فرحت بخش ہوا کے جھونکے برابر چلتے رہتے۔ایک اتوار کی صبح کو مسز مونی نے حالات پر قابو پانے کی پہلی کوشش کی۔اقامت خانے کی تمام کھڑکیاں کھلی ہوئی تھیں، جن کے جھالردار نفیس پردے ہوا میں سرسرار ہے تھے۔ہوا کی وجہ سے ان پردوں نے غباروں کی شکل اختیار کرلی تھی اور اب وہ کھڑکی کے اوپر نیچے کھسکنے والے آئینہ دار پٹ سے پرے، باہر گلی کی طرف اُڑے جارہے تھے۔قریب ہی سینٹ جارج کا گرجا تھا جس کی گونجتی ہوئی گھنٹیوں کی آواز فضا میں تھرتھرا رہی تھی۔عبادت کرنے والے تیزی سے گرجا سے ملحق لان پر گزرتے ہوئے اندر جارہے تھے۔ان کے تقدس کا احساس ان کی سنجیدگی اور خاموشی کے علاوہ، مقدس انجیل کے ان نسخوں سے ہوسکتا تھا جو ان کے ہاتھوں میں تھے۔ہر ایک نے ہلکے دستانے پہن رکھے تھے اور انجیل کو سینے سے لگا رکھا تھا۔

اقامت خانے میں صبح کا ناشتہ ختم ہوچکا تھا اور کھانے کے کمرے میں میز پر اب بھی جھوٹی پلیٹیں پڑی تھیں۔جن پر ڈبل روٹی کے بچے کھچے ٹکڑوں کے علاوہ انڈوں کی زردی کے خشک نشان بھی پھیلے ہوئے تھے۔ایک طرف آرام کرسی پر مسز مونی، کھوئی کھوئی سی بیٹھی ملازمہ میری کا جائزہ لے رہی تھیں جو ناشتہ کی چیزیں اٹھانے کے کام میں لگی ہوئی تھی۔وہ روز کی طرح اپنی مالکن کے حکم کے مطابق روٹی کے ٹکڑے بڑی تندہی سے چن چن کر ایک علیحدہ صاف رکابی میں جمع کررہی تھی۔ہر منگل کو بلاناغہ ڈبل روٹی کی پڈنگ پکتی۔اس میں روٹی کے بچے کھچے یہی ٹکڑے ڈالے جاتے۔جب میز کی پوری طرح صفائی ہوگئی اور میری نے روٹی کے تمام ٹکڑے اکٹھا کرلیے اور چینی اور مکھن کو بڑی حفاظت کے ساتھ گنجینے میں مقفل کردیا گیا تو بیٹھے بیٹھے مسز مونی نے گزشتہ رات کے واقعات پر غور کرنا شروع کیا۔کل رات وہ پولی سے بات چیت کرچکی تھیں۔ان کا شک ٹھیک نکلا تھا۔انھوں نے بڑی صاف گوئی سے سوالات کیے تھے اور پولی نے بھی بڑی صاف گوئی سے جواب دیے تھے۔یہ مسئلہ اتنا بے ڈھب اور ناموزوں تھا کہ دونوں نے بڑی حد تک الجھن سی محسوس کی تھی۔ماں کو بڑی الجھن تھی کہ اب تک اس نے ایسے نازک مسئلہ کو نظرانداز کرنے کی جو کوشش کی تھی، اس کا نتیجہ یہ ہے کہ آج وہ اپنی بیٹی سے بڑے بے ڈھب سوالات کرنے پر مجبور ہوگئی ہے۔پولی کی الجھن اور جھنجھلاہٹ کی وجہ یہ تھی کہ کھلے بندوں اس قسم کی باتوں سے اسے ہمیشہ کوفت ہوتی تھی۔اور اب تو یہ باتیں ماں سے ہو رہی تھیں۔اسے یہ دکھ تھا کہ اس کی ماں غالباً یہ سوچ رہی تھی کہ اس نے اپنی ظاہری معصومیت سے اپنی ماں کی فراخدلی اور رواداری سے غلط فائدہ

اٹھانے کی کوشش کی تھی۔ چونکہ بیشتر گفتگو اشاروں اور کنایوں میں ہورہی تھی، اس لیے بھی پولی کا ذہن خاصا پراگندہ تھا۔

غیر ارادی طور پر مسز مونی نے اس چھوٹی سی نفیس دیواری گھڑی کی طرف دیکھا جو مینٹل پیس پر رکھی ہوئی تھی۔ چونکہ سینٹ جارج کے گرجا کی گھنٹیاں اب بجنا بند ہوگئی تھیں، انھیں احساس ہوا کہ گیارہ بج چکے تھے۔ گھڑی میں گیارہ بج کر سترہ منٹ ہوئے تھے۔ ابھی دوپہر کی گاڑی میں خاصا وقت تھا۔ انھوں نے سوچا میں اس اثنا میں بڑی آسانی سے مسٹر ڈوران سے بات چیت کرسکتی ہوں اور مارلبورو اسٹریٹ سے بارہ بجے والی گاڑی پکڑ سکتی ہوں۔

اب انھیں یقین ہو چلا تھا کہ وہ اس کام میں ضرور کامیاب ہو کر رہیں گی۔ آخر تمام اخلاقی قدریں بھی تو ان کی موافقت میں تھیں۔ وہ بے چاری تو ایک مظلوم ماں تھیں۔ ایسی عورت جس کے ساتھ بڑی زیادتی ہوئی تھی۔ انھوں نے اس کمبخت نوجوان کو یہ سوچ کر کہ وہ نیک سیرت اور شریف ہے، اپنے زیر سایہ رہنے کی اجازت دی تھی اور اب اس احسان فراموش نے ان کی میزبانی کا ناجائز فائدہ اٹھایا تھا۔ وہ یوں بھی ناسمجھ بچہ نہ تھا۔ چونتیس یا پینتیس کے قریب عمر تھی اس کی۔ اب وہ یہ بہانہ بھی تو نہیں کرسکتا تھا کہ وہ جوانی کے نشہ اور ناتجربہ کاری کا شکار ہوگیا۔ وہ تو لاعلمی کا سہارا ابھی نہیں لے سکتا تھا، کیوں کہ اس نے دنیا دیکھی تھی اور دنیا کے اونچ نیچ سے خوب واقف تھا۔ یہ تو صاف ظاہر تھا کہ اس نے پولی کی جوانی اور ناتجربہ کاری سے فائدہ اٹھایا تھا۔ اب سوال یہ تھا کہ وہ کس حد تک، کس قسم کا ہرجانہ دینے کے لیے تیار ہوسکتا تھا؟ اب تو تلافی بے حد ضروری تھی۔ خیالات کا دھارا یوں ہی بہہ نکلا۔

اس قسم کے واقعات میں ہرجانہ ضروری ہوتا ہے۔ مسز مونی نے سوچا مرد کا کیا، اس کے لیے تو ایسی باتیں کوئی اہمیت نہیں رکھتیں۔ وہ تو تھوڑی دیر کے عیش کے بعد اپنی راہ لگ سکتا ہے، جیسے کچھ ہوا ہی نہیں۔ مصیبت تو بے چاری عورت کی ہے جسے تمام نتائج بھگتنے پڑتے ہیں۔ دنیا میں ایسی مائیں بھی ہوں گی جو ایسے واقعات کے بعد، تھوڑی بہت نقدی وصول کر کے صبر کر لیتی ہیں۔ خود مسز مونی کو ایسے کئی واقعات معلوم تھے لیکن اب وہ ہرگز یہ نہیں کریں گی۔ انھوں نے بڑے اعتماد سے فیصلہ کیا۔ ان کے لیے تاوان کا صرف ایک ہی ذریعہ تھا جس سے ان کی بیٹی کی بے حرمتی کا ازالہ ہوسکتا۔ وہ تھا فوری شادی!

انھوں نے ایک بار پھر اس مسئلہ کے بارے میں تمام پہلوؤں سے غور کیا اور پھر میری کو مسٹر ڈوران کے پاس بھیج کر نیچے ہی اپنے پاس بلوا لیا۔ اب انھیں یقین ہوگیا تھا کہ اس معاملہ میں فتح ان ہی کی ہوگی۔

ڈوران خاصا سنجیدہ اور کم سخن نوجوان تھا۔ دوسروں کی طرح وہ نہ اوباش مزاج تھا اور نہ چرب زبان۔ اگر اس کے بجائے مسٹر شیریڈین یا مسٹر میڈ، یا، بانٹم لیونز ہوتے تو انھیں خاصی مشکلات کا سامنا کرنا پڑتا، مسز مونی نے سوچا۔ لیکن ڈوران کی طبیعت ہی ایسی تھی کہ انھیں یقین تھا کہ وہ کسی قسم کی بدنامی برداشت نہ کرسکے گا۔ یہ بات ہی کچھ ایسی تھی کہ رہنے والوں میں چہ میگوئیاں شروع ہوچکی تھیں۔ غالباً ہر ایک کو کچھ نہ کچھ

معلوم تھا اور جن کو زیادہ تفصیلات معلوم نہ تھیں، انھوں نے اپنی طرف سے نمک مرچ لگا کر چوری چھپے افواہیں پھیلانی شروع کر دی تھیں۔ ڈوران پچھلے تیرہ سال سے ایک عیسائی کمپنی میں ملازم تھا جو شراب کا بیوپار کرتی تھی۔ وہاں کے حالات کچھ ایسے تھے کہ اس بدنامی کی وجہ سے اسے ملازمت سے سبکدوش ہونا پڑتا۔ اب بھی کچھ نہیں گیا تھا۔ اگر وہ راہ راست پر آکر ان کی مرضی کے مطابق چلنے کا وعدہ کر لے تو سب کچھ ٹھیک ہو سکتا ہے، مسز مونی نے سوچا۔ انھیں اس کا بھی احساس تھا کہ لڑکا خاصا کفایت شعار ہے۔ اس کے پلے تھوڑی بہت پونجی ضرور ہوگی۔

اب تقریباً ساڑھے گیارہ بج گئے تھے۔ انتظار سے اکتا کر وہ اٹھ کھڑی ہوئیں اور انھوں نے سامنے کے آئینے میں اپنا عکس دیکھا۔ اپنے دمکتے ہوئے چہرہ کا فیصلہ کن رنگ دیکھ کر انھیں خاصی تسلی ہوئی اور انھوں نے سوچا، 'ایسی عورتیں بھی تو دنیا میں ہیں جو کسی طرح بھی اپنی بیٹیوں کی شادیاں نہیں کر سکتیں۔ انھوں نے دل ہی دل میں خدا کا شکر ادا کیا کہ وہ ان میں نہیں تھیں۔'

اب کچھ اُدھر کا حال سنیے۔ ڈوران کا آج صبح ہی سے حال پتلا تھا۔ اتوار کی یہ صبح اس کے لیے خاصی پریشان کن تھی۔ صبح سے داڑھی مونڈنے کی اس نے دوبار کوشش کی تھی لیکن اس کے ہاتھ میں خلاف معمول کچھ اتنی کپکپاہٹ تھی کہ مجبوراً اسے یہ پروگرام ملتوی کرنا پڑا تھا۔ تین دن کی سرخی مائل داڑھی کچھ اس بے ڈھنگے پن سے بڑھی تھی کہ اب اس کے جبڑوں کو اپنے دامن میں لے چکی تھی۔ ہر دوسرے تیسرے منٹ اس کی آنکھوں پر غبار سا چھا جاتا اور عینک کے شیشوں پر اس دھند کی وجہ سے اسے بالکل نظر نہ آتا۔ وہ چپکے سے عینک اتارتا، جیب سے رومال نکالتا اور پہلے اپنی نمناک آنکھیں اور پھر اپنی عینک صاف کرتا۔ رات کو جو کچھ اس پر گزرا تھا اور جس طرح گرجا میں اسے اپنے جرم کا اقبال کرنا پڑا تھا، وہ سب کچھ بہت شرمناک اور تکلیف دہ تھا۔ پادری نے بڑی چابکدستی سے اس کے منھ سے اس شرمناک حمایت کے بارے میں تمام تفصیلات اُگلوالی تھیں اور آخر میں ڈوران نے خود کو اس قدر ذلیل محسوس کیا تھا کہ جب اسے گناہوں کی تلافی کی واحد راہ سجھائی گئی تو اس نے اظہار تشکر کے ساتھ اسے قبول کر لیا تھا۔ جو کچھ ہونا تھا وہ ہو چکا تھا۔ اب وہ کر ہی کیا سکتا تھا۔ بھاگ کھڑے ہونے سے تو یہی بہتر تھا کہ وہ چپ چاپ شادی کر لے۔ ڈھٹائی سے کام لینا اس کے بس کی بات نہیں تھی۔ اسے یقین تھا کہ افواہیں ضرور پھیلیں گی اور اس طرح اس کے دفتر کے افسران کو ضرور سب کچھ پتہ چل جائے گا۔ یہ کمبخت ڈبلن ایسی باتوں کے لیے کتنا چھوٹا شہر ہے، اس نے سوچا۔ ہر ایک کو ایک دوسرے کے بارے میں کچھ معلوم ہو جاتا ہے اور پھر ایسی باتیں تو آگ کی طرح پھیلتی ہیں۔ چھپائے نہیں چھپتیں۔ تصورات کے دھارے میں بہتے بہتے اسے جونہی اپنے بوڑھے افسر اعلیٰ کا خیال آیا تو اس کا دل دھک سے ہو گیا۔ بوڑھا لیونارڈ اپنی کھوسٹ آواز میں پکارتا: ''ذرا مسٹر ڈوران کو تو ادھر بھیجیے!'' اس تصور ہی سے وہ کانپ گیا۔

اُف! میں کیسی مصیبت میں پھنس گیا، ڈوران نے جھنجھلا کر سوچا۔ اتنی لمبی ملازمت اور اس کی تمام کارگزاری یونہی بے کار ضائع ہو گئی۔ اس کی ساری ایمان داری اور محنت کا خاتمہ کیا کچھ اسی طرح ہونا تھا؟ جوانی میں

اس نے خاصی خودسری دکھائی تھی۔ اسے تو کبھی خدا کے وجود ہی سے انکار تھا اور ہمیشہ اپنی آزاد خیالی پر ناز تھا لیکن اب تو وہ باتیں پرانی ہوگئی تھیں۔ یوں تو وہ اب بھی رینالڈز کا ترقی پسند اخبار خریدا کرتا تھا لیکن اس کے باوجود اس نے اپنے مذہبی فرائض کو کبھی نہیں بھلایا تھا۔ وہ سال میں کم از کم نو دس مہینے انتہائی معقول اور نیک زندگی گزارا کرتا۔ اب تو اس نے کفایت شعاری بھی شروع کر رکھی تھی۔ اتنے پیسے جمع کر لیے تھے کہ اب وہ اکثر بقیہ زندگی چین سے گزارنے کے خواب دیکھنے لگتا تھا۔ اب بھی وہ بقیہ زندگی سکون کے ساتھ گزار سکتا تھا لیکن مشکل یہ آن پڑی تھی کہ خاندان کے دوسرے افراد اس کی بیوی کو بری نظر سے دیکھتے اور اسے آسانی سے قبول نہ کرتے۔ سب سے بڑی رکاوٹ تو اس کے بدنام باپ کی شخصیت تھی جسے سب ہی جانتے تھے۔ اس کی ماں کے اس اقامت خانے کے بارے میں بھی اب چہ میگوئیاں ہونے لگی تھی۔ یکا یک ڈوران کو یوں لگا جیسے اس کے تمام دوست اس کے اس انتخاب کا مذاق اڑا رہے ہیں۔ بدقسمتی سے یہ لڑکی بھی اکثر خاصی عامیانہ باتیں کرنے لگتی تھی۔ دوران گفتگو اکثر غلط زبان بول جاتی۔ لیکن اس سے کیا ہوتا ہے؟ اگر مجھے واقعی اس سے محبت ہے تو سب ٹھیک ہوجائے گا۔ اس نے سوچا۔

جوں جوں خیالات بھٹکنے لگے اور وہ تصورات کے تانے بانے میں الجھتے گئے، ان کی سمجھ میں یہ نہیں آیا کہ اس لڑکی نے اس کے ساتھ جو کچھ کیا تھا، اس کے جواب میں اس سے محبت کرے یا نفرت؟ یہ بالکل صحیح تھا کہ قصور اس کا اپنا بھی تھا۔ اس نے بھی تو اس گناہ میں شرکت کی تھی لیکن اب اس کا کیا علاج کہ اس کی جبلت نے ہمیشہ اسے آزاد رہنے کی تلقین کی تھی اور شادی سے بچے رہنے کو اکسایا تھا۔ اس کا ذہن کہتا: برخوردار، شادی کے جنجال میں ہرگز نہ پھنسنا ورنہ زندگی کا سارا لطف جاتا رہے گا۔

وہ کچھ ایسے ہی اوٹ پٹانگ خیالوں میں کھویا ہوا تھا کہ پولی نے آہستہ سے دروازہ کھٹکھٹایا۔ وہ اب تک بے بس سا بنا صرف قمیص اور پتلون میں پلنگ کے ایک سرے پر بیٹھا تھا۔ اس نے پولی کو اندر بلالیا۔ اندر آتے ہی اس نے سسکیاں بھرتے ہوئے اسے بتایا کہ کل رات اس نے اپنی ماں سے سب کچھ کہہ دیا تھا، اس نے اپنی ماں سے سب کچھ کہہ دیا تھا، اور اب اس کی ماں اس سے اس سلسلے میں گفتگو کرنے والی ہے۔ پولی نے روتے ہوئے اس کی گردن میں باہیں ڈال دیں اور لپٹ کر گھٹی ہوئی آواز میں کہا: ''اوہ۔۔۔ بوب! تم ہی بتاؤ، میں آخر کیا کرتی، اب بتاؤ۔۔۔ میں کیا کروں؟ اف خدایا، جی چاہتا ہے اپنا گلا گھونٹ لوں۔''

ڈوران نے آہستہ سے اسے دلاسا دیا۔ اس کے آنسو پونچھے اور اسے یقین دلایا کہ خدا نے چاہا تو سب کچھ ٹھیک ہوجائے گا۔ پولی اس کے سینے سے لگی ہوئی سسکیاں بھر رہی تھی اور اس کے سینے کا اتار چڑھاؤ صاف ظاہر کر رہا تھا کہ وہ بے حد مضطرب ہے۔

اب ڈوران نے پچھلی باتوں پر غور کیا تو یکا یک اسے احساس ہوا کہ اس سلسلے میں سارا قصور اس کا نہیں تھا۔ اسے تمام باتیں یاد آگئیں۔ جوانی تو دیوانی مشہور ہے اور پھر اس کمبخت لڑکی نے بھی تو اپنے ناز و ادا سے اسے خاصا ورغلایا تھا۔ کپڑے ہمیشہ ایسے پہنتی کہ ایمان متزلزل ہوجاتا۔ خواہ مخواہ اسے بازوؤں میں لینے کو جی چاہتا۔ اسے وہ رات بھی یاد آگئی جو مکمل تباہی کا پیش خیمہ ثابت ہوئی تھی۔ وہ عموماً رات گئے گھر لوٹتا تھا۔ اس رات

بھی وہ ایک انتہائی پرسکون ماحول میں کپڑے بدل رہا تھا کہ یکا یک پولی نے ڈرتے ڈرتے دروازہ کھٹکھٹایا۔ اس کی موم بتی ہوا کے جھونکے سے گل ہوگئی تھی اور وہ ڈوران کے کمرے کی موم بتی سے اپنی موم بتی جلانا چاہتی تھی۔ غالباً اس نے شام کو غسل کیا تھا۔ اس نے ڈھیلے ڈھالے گلے کا جیکٹ پہن رکھا تھا۔ پیروں میں نفیس چپلیں تھیں اور اس نے اپنے جسم پر کسی ایسی خوشبو کا استعمال کیا تھا جس نے سارے کمرے کو معطر کر دیا تھا۔ وہ جھک کر موم بتی جلانے لگی تو اس کے حسین صحت مند جسم کا خم ڈوران کے ذہن میں شیطانی خیالات ابھارنے لگا۔ ظاہر ہے ایسے رومانی ماحول میں کس کافر کا جی قابو میں رہتا۔

اس کے بعد جب بھی رات گئے وہ لوٹتا۔ پولی ہی اس کا کھانا گرم کرتی۔ رات کی پراسرار خاموشی میں جب سارا گھر نیند کی آغوش میں ہوتا، اسے اپنے اس قدر قریب پا کر ڈوران کو مطلق ہوش نہ رہتا کہ وہ آخر کھا کیا رہا ہے۔ پولی اس کا خیال بھی تو کتنا رکھتی تھی۔ جب بھی رات سرد ہوتی یا بارش اور آندھی کا زور ہوتا، اس کے لیے کھانے کے ساتھ شراب کا ایک چھوٹا سا پیالہ ضرور ہوتا۔ پولی اکثر چپکے سے یہ انتظام کرتی۔ آج ڈوران کو یہ باتیں یاد آنے لگیں تو اس نے سوچا، بری لڑکی نہیں ہے۔ شاید اس کے ساتھ بقیہ زندگی گزار کر اسے بے حد چین نصیب ہو۔

کھانے کے بعد دونوں چپ چاپ دبے پاؤں ایک دوسرے کے قریب ہو کر، ہاتھوں میں اپنی اپنی موم بتیاں لیے، سیڑھیاں چڑھتے اور تیسری منزل پر بادل ناخواستہ، انتہائی بے دلی سے ایک دوسرے کو خدا حافظ کہتے۔ عموماً وہ اپنے بازوؤں میں لے کر اسے چومتا، موم بتی کی دھیمی سی کپکپاتی روشنی میں وہ اسے بے حد پیاری لگتی۔ اس کی آنکھیں کتنی حسین تھیں، اس کے ہاتھوں کی تپش اور اس کا والہانہ انداز اسے سب کچھ اب بھی یاد تھا۔

لیکن یہ والہانہ انداز دیر پا نہیں ہوتا۔ حسین لمحے عموماً جلد گزر جاتے ہیں۔ اُف خدایا! اب میں کیا کروں؟ اس کی جبلت ایک بار پھر اس کی مدد کو اٹھ کھڑی ہوئی۔ اس نے اب بھی بچے رہنے کی تلقین کی۔ لیکن آخر گناہ کا کفارہ کس طرح ادا ہوتا؟ اس کے ذہن نے رائے دی کہ اس قسم کے گناہ کا خمیازہ تو اسے ضرور بھگتنا پڑے گا۔

پولی اس کے قریب پلنگ پر نہ جانے کب تک بیٹھی رہی۔ دونوں اپنے اپنے خیالوں میں کھوئے ہوئے تھے کہ یکا یک میری دروازہ پر آئی اور اس نے ڈوران صاحب کو اطلاع دی کہ بیگم صاحبہ ڈرائنگ روم میں ان کی منتظر ہیں۔ ڈوران نے بڑی بے بسی کے سے انداز میں اٹھ کر اپنا ویسٹ کوٹ اور کوٹ پہنا۔ کپڑے پہننے کے بعد اس نے ایک بار پھر پولی کو دلاسا دیا اس کی ہمت بندھائی اور یقین دلایا کہ ڈرنے کی اب کوئی بات نہیں۔ خدا نے چاہا تو سب کچھ ٹھیک ہو جائے گا۔ وہ مسز مونی سے ملنے کے لیے کمرہ سے باہر آیا تو اس وقت بھی پولی اس کے پلنگ پر بیٹھی سسکیاں لے رہی تھی اور گھٹی ہوئی آواز میں آہستہ آہستہ کہے جا رہی تھی: ''خدایا! اب میرا کیا ہوگا؟ آخر کیا ہوگا؟''

سیڑھیاں اترتے ہوئے ایک بار پھر ڈوران کی عینک کے شیشوں پر اتنی نمی چھا گئی کہ اسے کچھ نہ دکھائی

دیا۔اس نے رُک کر عینک اتاری اور رومال سے اسے صاف کیا۔راستے بھر اس کا جی چاہا، کسی نہ کسی طرح چھوٹ پھٹ جائے اور وہ کسی آزاد بےفکرے پرندے کی طرح چپ چاپ اُڑ کر کسی ایسے دور دیس کو نکل جائے جہاں پہنچ کر وہ اس مصیبت سے چھٹکارہ حاصل کر سکے۔جہاں اس کے ذہن سے یہ تکلیف دہ باتیں ہمیشہ ہمیشہ کے لیے غائب ہو جائیں۔ان فراری خیالوں کے باجود اس کے اندر کوئی ایسی قوت تھی جو اسے مجبوراً نیچے دھکیل رہی تھی۔راستے بھر میڈم اور اس کے اپنے دفتر کے بڑے افسروں کے سنگدل چہرے اسے گھورتے رہے اور وہ بے چین ہو گیا۔سب سے نچلی منزل کی سیڑھیوں پر جیک مونی سے مڈبھیڑ ہو گئی جو مودی خانے سے شراب کی دو بوتلیں اٹھائے اوپر جارہا تھا۔دونوں نے ایک دوسرے کو بڑی سردمہری سے سلام کیا۔پل بھر کے لیے ڈوران نے جیک کی کرخت سفاک شکل اور اس کے مضبوط صحت مند بازوؤں کو دیکھا تو کانپ گیا۔نیچے پہنچ کر بھی اسے یوں محسوس ہوا جیسے یہ مضبوط بازو اس کی تکا بوٹی کر ڈالیں گے۔سیڑھیوں سے اتر کر بے اختیار مڑ کر اس نے اوپر دیکھا۔جیک اب بھی اپنے کمرہ کے قریب کھڑا اسے گھورے جارہا تھا۔

نہ جانے کیوں جیک مونی کو دیکھ کر ڈوران کو وہ رات یاد آگئی جب میوزک ہال کے ایک موسیقار نے، جو لندن کا رہنے والا تھا۔پولی کی جوانی کے بارے میں ذرا بےتکلفی سے اظہارِ خیال کیا تھا۔اس کا جو نتیجہ ہوا تھا وہ آج ڈوران کی آنکھوں کے سامنے پھر گیا۔سارا پروگرام صرف جیک کے تشدد کی وجہ سے درہم برہم ہو گیا تھا۔اسے روکنے اور خاموش کرنے کی تقریباً سب نے کوشش کی تھی لیکن وہ بھلا کاہے کو قابو میں آتا۔اس بے چارے موسیقار کا برا حال تھا۔اس نے اسے بار بار یقین دلانے کی کوشش کی تھی کہ اس کا مطلب خدانخواستہ پولی کی توہین نہیں تھا۔وہ اپنا زرد زرد سا چہرہ لیے مسکرانے کی کوشش کیے جارہا تھا اور بڑی معذرت کے سے انداز میں صفائی پیش کیے جارہا تھا، لیکن جیک نے تو چیخ چیخ کر آسمان سر پر اٹھا لیا تھا اور صاف صاف کہہ دیا تھا کہ اگر آئندہ کسی نے بھی اس کی معصوم بہن کی شان میں گستاخی یا کسی قسم کی بدتمیزی سے گفتگو کرنے کی کوشش کی تو وہ منھ توڑ کر رکھ دے گا، آخر کیا سمجھ رکھا تھا لوگوں نے اس کی انتہائی شریف بہن کو؟

پولی نہ جانے کب تک پلنگ پر بیٹھی چپکے چپکے روتی رہی۔آخر اس نے اٹھ کر اپنے آنسو خشک کیے اور آئینے کے قریب گئی۔اس نے تولیہ کا کنارہ پانی میں بھگویا اور پھر ٹھنڈے تولیے سے آنکھوں کو تروتازہ کرنے کی کوشش کی۔اس نے خود آئینے میں ہر پہلو سے دیکھا اور پھر کانوں سے ذرا اوپر بالوں کا پن دوبارہ لگا کر بال درست کیے۔پھر وہ دوبارہ پلنگ تک گئی اور پائنتی بیٹھ گئی۔وہ چپ چاپ کھوئے کھوئے سے انداز میں خاصی دیر تک ٹکٹکی باندھے تکیوں کو دیکھتی رہی۔انھیں دیکھ کر اس کے ذہن میں بےشمار دلکش خیالات ابھر آئے۔حسین رومانی یادوں کا ایک سیلاب اُمنڈ آیا۔لوہے کے پلنگ کے سرد سرے پر اپنی گردن ٹکا کر وہ چپ چاپ لیٹ گئی۔اس نے آنکھیں بند کر لیں اور وہ بےشمار حسین تصورات میں کھو گئی۔اب اس کے چہرے پر کہیں بھی کسی قسم کے اضطراب کے آثار نہیں تھے۔

وہ بڑے صبر سے، ہشاش بشاش، بغیر کسی قسم کی گھبراہٹ کے، چپ چاپ انتظار کرنے لگی۔اب

پریشان کن یادوں کی جگہ اس کے ذہن پر آہستہ آہستہ حسین توقعات اور مستقبل کے بارے میں خوشگوار امیدیں چھا گئیں۔ اس کی یہ حسین امیدیں اور خوشگوار توقعات اس پر کچھ اس حد تک چھا گئے کہ اب اسے نہ یہ صاف ستھرے تکیے ہی نظر آئے اور نہ اسے یاد رہا کہ ابھی تھوڑی دیر پہلے تک اس نے ٹکٹکی باندھے انھیں دیکھ کر کیا کچھ سوچا تھا۔ اسے تو یہ بھی یاد نہ رہا کہ اب اسے کس چیز کا انتظار تھا۔

خاصی دیر بعد اسے کہیں دور سے اپنی ماں کی آواز آئی تو وہ چونک گئی۔ ماں اسے نیچے بلا رہی تھی۔ وہ تیزی سے اٹھی اور بھاگ کر زینے کا رخ کیا۔

''پولی؟۔۔۔ پولی؟''

''ہاں ماں!''

''نیچے آؤ بیٹی۔ مسٹر ڈوران تم سے کچھ باتیں کرنا چاہتے ہیں۔''

یکا یک اب اسے یاد آ گیا کہ آخر اسے کس بات کا انتظار تھا!

سودے میں کفن

مارتی لارنی (فن لینڈ)

ترجمہ: سلیم صدیقی

فن لینڈ کے ادیب مارتی لارنی (۲۲ ستمبر ۱۹۰۹ ـ ۷ مارچ ۱۹۹۳ء) کی تقریباً ۲۳ تصنیفات ہیں۔ وہ ۱۹۶۴ء تا ۱۹۶۷ء فن لینڈ رائٹرس یونین کے چیئرمین تھے۔

مسز کُوپر ایک امریکی خاتون ہیں، جن کی عمر کا اندازہ مشکل سے کیا جاسکتا ہے، لیکن کیوں کہ وہ اکتالیس سال سے کاروباری پیشے سے منسلک ہیں، اس لیے ان کی عمر بھی کم از کم چالیس سال سے تو بہرحال زیادہ ہی ہوگی۔ وہ کاسمیٹکس کا کاروبار کرتی ہیں اور ان کی ایک فیکٹری کے علاوہ ایک درجن کے قریب کاسمیٹکس کی ہی دکانیں ہیں۔

دو ہفتے پہلے کی بات ہے کہ یہ مسز کُوپر، 'سینڈرس گن شاپ' میں داخل ہوئیں اور وہاں کے سیلز مین سے مخاطب ہوئیں: ''مجھے کچھ ریوالور دکھائیں۔''

''آپ کو ایک ریوالور خریدنا ہے؟'' اس نے بڑی گرم جوشی سے پوچھا۔

''ہاں ایک خریدنا ہے۔ ایسا ریوالور ہو جو میرے پرس میں آجائے۔''

مسز کُوپر کی آواز میں کچھ ترشی سی شامل تھی، جس کو اسٹور کے مالک مسٹر سینڈرس نے بھی اپنے آفس میں بیٹھے ہوئے محسوس کیا۔ وہ اس وقت اپنی کرسی میں دراز اونگھ رہے تھے اور یہ آواز سن کر ہڑبڑا کر اٹھے اور فوراً کاؤنٹر پر آگئے۔ انھوں نے جب گاہک کو دیکھا تو حیرانی میں ان کی آنکھیں کھلی کی کھلی رہ گئیں اور ان کے منہ سے بے اختیار نکلا: ''زہے نصیب! میرے سامنے تو مسز کُوپر کھڑی ہیں! مجھے تو آپ کو پہچاننے میں مشکل پیش آرہی ہے۔ ہر سال کے خاتمے پر آپ تو جوان سے جوان تر ہوتی جاتی ہیں۔ فرمایئے میں آپ کی کیا خدمت کرسکتا ہوں؟''

''مجھے ایک ریوالور درکار ہے۔''

چنانچہ مسٹر سینڈرس نے کئی ریوالور مسز گو پر کو دکھائے اور مسکراتے مسکراتے ایک ریوالور بیس راؤنڈز کے ساتھ ان محترمہ کو فروخت کرنے میں بھی کامیاب ہو گئے۔

لیکن دوسرے دن مسز گو پھر مسٹر سینڈرس کے اسٹور میں آدھمکیں۔ اب کے راتوں رات ان کے بالوں کا رنگ ہلکے سنہری سے بھڑکیلے سرخ رنگ میں تبدیل ہو گیا تھا اور ان کی چمک آنکھوں کو خیرہ کیے دے رہی تھی۔ وہ دکان کے سیلز مین کو یکسر نظر انداز کرتی ہوئی سیدھے آفس کی طرف تیزی سے بڑھیں اور ایک دن پہلے خریدے ہوئے ریوالور کو اپنے پرس سے نکال کر حیران و پریشان اسٹور کے مالک سے بولیں: ''کیا مجھے میری رقم واپس مل سکتی ہے؟''

''کیوں؟ کیا اس ریوالور میں کوئی نقص ہے، مسز گو پر؟''

''مجھے اس کو ٹیسٹ کرنے کا موقع ہی نہیں ملا۔ لیکن اب مجھے اس کی ضرورت بھی نہیں۔ کیوں کہ میرے شوہر ایک کار کی ٹکر کے نتیجے میں کل رات ہی ہلاک ہو گئے ہیں۔''

''اوہ! یہ سن کر تو مجھے بہت افسوس ہوا۔ مہربانی کر کے میری طرف سے دلی تعزیت قبول فرمائیں۔''

''تعزیت، وازیت کیسی! آپ کو تو مجھے مبارک باد دینی چاہیے، کیوں کہ اب میں دوبارہ شادی کر سکتی ہوں۔ یہ لیجئے اپنی ریوالور اور گن اور میری رقم مجھے واپس کر دیں۔''

مسٹر اینڈرس کا چہرہ یہ سن کر اتر گیا۔ انھوں نے مسز گو پر کو اپنی تجارت میں مالی بحران کی داستان سنانی شروع کر دی اور مغموم آواز میں بتایا کہ پچھلے سال انھوں نے ایک دیوالیہ ہو جانے والے ہتھیار فروش سے چھ ہزار اس قسم کے ریوالور خریدے تھے اور حقیقت یہ تھی کہ انھوں نے اپنا کل سرمایہ اس سودے میں لگا دیا تھا۔ اور یہ سب اب ان کے اسٹور کے پچھواڑے میں ڈھیر لگے ہوئے ہیں، کیوں کہ ان ہتھیاروں کا فیشن بدل چکا ہے، اور ان کو اب والدین اپنے بیٹوں کے ہی سپرد کر رہے ہیں اور ان کے بدلے خود انھوں نے سب مشین گنیں سنبھال لی ہیں۔ جہاں تک خواتین کا تعلق ہے تو بڑا منافع کمانے والی فیکٹریوں کے مالک لپ اسٹک شیڈ والے ہینڈ گرینیڈ تیار کر رہے ہیں جو ان خواتین کے ہینڈ بیگ میں سما سکتے ہیں۔ اپنی اس بپتا سنانے کے بعد مسٹر سینڈرس نے ان الفاظ میں مسز گو پر سے التجا کی: ''مسز گو پر! آپ اپنی رقم واپس نہ مانگیں! کیوں کہ میں ویسے ہی دیوالیہ ہونے جا رہا ہوں۔ اس وقت تجارت میں سخت مقابلہ ہے، جس میں میرا زندہ رہنا مشکل ہو رہا ہے!''

''ہاں آپ کی بات درست ہے کہ آج کل مقابلہ بہت سخت ہے۔'' مسز گو پر نے تسلیم کیا۔ ''خود مجھے اپنی مصنوعات فروخت کرنے میں روز بروز مشکلات پیش آ رہی ہیں۔ حالاں کہ ہر شخص کو معلوم ہے کہ میری یہ مصنوعات کا ذکر آ گیا ہے تو میرے ریوالور بھی کچھ کم معیار کے نہیں۔''

''کیا آپ نے اشتہار بازی کو بھی آزمایا ہے؟''

''اس سے بھی کوئی فائدہ نہیں ہو گا مجھے۔ میں نے قیمتوں میں کمی کی۔ میں نے قسطوں پر دینے کا منصوبہ شروع کیا لیکن کچھ بھی نتیجہ نہیں نکلا۔ دراصل مقابلہ ہی میرے چاروں طرف اس قدر ہے۔''

مسٹر سینڈرس کی کاروباری زبوں حالی کا حال سن کر مسز گوپر کا دل پسیج گیا اور انھوں نے نہ صرف ریوالور واپس کرنے کا ارادہ بدل دیا، بلکہ یہ بھی فیصلہ کیا کہ وہ ان ہتھیار فروش کی کچھ نہ کچھ مدد کردیں۔ چنانچہ انھوں نے ان کو اپنے مفت مشورے سے نوازنا شروع کیا: ''مسٹر سینڈرس، آپ اپنے گاہکوں کے لیے ہتھیاروں کے ساتھ مفت تحائف دینے بھی اعلان کریں۔''

''مگر میرے پاس ان تحفوں کے لیے رقم ہی نہیں ہے۔''

''لیکن ابھی آپ نے خود بتایا کہ آپ کے اسٹاک روم میں چھ ہزار ریوالور کی شکل میں ہتھیار موجود ہیں۔ اگر آپ میرے مشورے پر عمل کریں تو ان کو صرف ایک ہفتے کے اندر فروخت کرسکتے ہیں۔ اور مشورہ یہ ہے کہ ان کی قیمت موجودہ قیمت سے فی ہتھیار پانچ ہزار ڈالر بڑھادیں، اور ہر خریدار کو ہر ہتھیار کے ساتھ ایک ڈالر کا تحفہ دینے کا بھی اعلان کردیں۔ لوگوں کی نفسیات ہے کہ اگر انھیں مفت کی کوئی چیز ساتھ ملے تو وہ زیادہ قیمت پر کوئی چیز بھی خریدنے پر تیار ہوجاتے ہیں۔ حقیقت یہ ہے کہ آپ اگر راضی ہوجائیں تو میں آپ کے اس منصوبے میں حصے دار بن سکتی ہوں۔''

چنانچہ مسٹر اینڈرس نے تفصیل سن کر ان کے منصوبے پر اتفاق کرلیا اور دوسرے دن مقامی اخبارات میں قدآور اشتہار اس مضمون کا شائع ہوا: ''ہر خاتون کے پرس میں ایک گن! جو خواتین سینڈرس گن شاپ کی گنیں خریدیں گی، ان کو دنیا کی بہترین گالوں کی سرخی کے دو بڑے جار ہر ہتھیار کے ساتھ مفت پیش کیے جائیں گے۔''

''معزز خواتین! آپ کو ملک کے آئین کے تحت اپنے ساتھ ہتھیار رکھنے کی اجازت ہے۔ اس لیے شُوٹ ہونے سے پہلے کیوں نہ شُوٹ کردیں! ایک ریوالور خریدیں اور مفت تحفے کی بدولت جوان بھی رہیں۔''

پھر دو دن بعد تمام اخبارات کے پورے ایک صفحے پر یہ اشتہار نمودار ہوا:

''گوپر اینڈ کمپنی دنیا کی سب سے اعلیٰ ترین فیشل کریم اور گالوں کی سرخی بنانے میں شہرت رکھتی ہے اور گوپر کا ادارہ ہر مزاج اور پسند کی کاسمیٹکس اشیا بناتا ہے۔ وہ اپنی پروموشن اسکیم کے تحت پیشکش کرتا ہے جو معزز گاہک دنیا کے دس بہترین کاسمیٹکس چار خریدے گا، اس کو ایک ننھا ریوالور مفت میں پیش کیا جائے گا، جو لیڈیز بیگ میں بآسانی رکھا جاسکتا ہے۔''

''آیئے، اور گوپر کاسمیٹکس سے اپنی نوجوانی اور سینڈرس کے ہتھیاروں سے اپنی زندگی کی حفاظت کیجیے۔''

ان اشتہاروں کی اشاعت کے تین دن بعد مسٹر سینڈرس کو تین سیلز گرل اور ایک سیلز مین کو اضافی طور پر بھرتی کرنا پڑا، تاکہ وہ ان کے اسٹور پر دھاوا بولنے والے گاہکوں کی لائنوں کو کنٹرول کرسکیں۔ انھوں نے مسز گوپر سے رابطہ کرنے کی بڑی کوشش کی، تاکہ وہ ان کے بنائے ہوئے منصوبے کی زبردست کامیابی پر ان کا شکریہ ادا کرسکیں۔ لیکن وہ خاتون اپنے نئے ہنی مون پر ہوائی نکل چکی تھی!

اب ہوا یہ کہ ٹاؤن میں اس انتہائی کامیاب منصوبے نے زبردست ہلچل مچادی اور حال یہ ہوگیا کہ سب ہی تیار کنندگان نے اپنی مصنوعات کو اپنی اصلی قیمت پر فروخت کرتے وقت ان کے ساتھ کوئی نہ کوئی مفت

تحفہ بھی دینا شروع کر دیا۔ اس کے نتیجے میں ان مصنوعات کی قیمتیں تو مسلسل منی اسکرٹس کے کناروں کی طرح اونچی جارہی تھیں لیکن مفت تحفے ملنے کو خوشی میں گاہکوں کو اس بات کا رتی بھر بھی احساس نہ تھا۔ اسی دوران ایک آئل/ پیٹرول کمپنی کا یہ اشتہار آیا:

''صرف ایک خوشحال ملک ہی ایک بیش قیمت تحفہ دیا جا سکتا ہے، جو ہم اب اپنے معزز گاہکوں کو دے رہے ہیں! یعنی مفت میں دو ٹماٹر کے جوس کی بوتلیں، دس گیلن پیٹرول کے ساتھ۔''

اسی طرح ایک ٹماٹر جوس بنانے والی فرم نے اعلان کیا کہ اس کے جوس کی بیس بوتلیں خریدنے والا ان کی جانب سے ایک گیلن پیٹرول کا حقدار ہو جائے گا۔ ایک بائیسیکل ڈیلر کی پیشکش تھی کہ اس کی ہر بائیسیکل کی خرید پر ڈیٹرجنٹ کے بیس پیکٹ مفت میں دیے جائیں گے۔ ایک کفایت شعار بیوہ نے اس سلسلے میں چھ بائیسیکل خرید لیں تا کہ اس کو اس کو ایک سو بیس ڈیٹرجینٹ کے پیکٹ مفت میں مل سکیں!

خریداروں سے حد درجے ہمدردی اور پیار رکھنے والے اداروں کا یوں دائرہ وسیع سے وسیع تر ہوتا گیا۔ مثلاً کئی کار کمپنیوں نے اس اسکیم کو اپناتے ہوئے کاروں کی قیمتیں بڑھا دیں اور ان کے ساتھ مفت چیونگم، رولر اسکیٹرز، خوشبودار ٹوائلٹ پیپرز یا نارنگیاں دینے لگیں۔ ان تمام مفت کے تحفوں کی لالچ میں بہت سے لوگوں نے قسطوں پر مہنگی کاریں خرید لیں اور بعد میں ان کو احساس ہوا کہ ان کی قیمتوں کی ادائیگی کے سلسلے میں ان کو گھر بار کی ہر چیز کو رہن رکھنا پڑے گا۔

لیکن ایک آٹو موبائل مینوفیکچرنگ فوم نے تو اپنی پروموشن اسکیم میں سب کو ہی میلوں پیچھے چھوڑ دیا۔ اس کا شہ سرخی میں یہ اشتہار تھا:

''اس صدی کی سب سے زیادہ دل موہ لینے والی اور حسین پیشکش؛ جدید ترین ماڈل۔ دو سال کی ادائیگی پر! صرف قصبے کے سب سے زیادہ خوش ذوق معزز گاہکوں کی پسند اور اطمینان کے عین مطابق؛ 603۔ REX ہر کار کے ساتھ ایک خوبصورت لڑکی مفت!''

اس اشتہار نے غیر معمولی طور پر شدید ردِعمل پیدا کیا۔ چنانچہ ایک آٹو موبائل کنگ کا جواب میں اشتہار آیا:

''میں اپنی بیوی کو طلاق دینا چاہتا ہوں۔ جو شخص اس کو قبول کرنے کو تیار ہے، اس کو میری طرف سے تین لکژری کاریں، بیس اضافی پہیوں کے ساتھ مفت نذر کی جائیں گی۔''

قصہ مختصر، مسٹر سینڈرس اب سکون سے اپنے صوفے پر بیٹھے ہوئے ان اشتہاروں کا دلچسپی سے مطالعہ کرتے رہتے ہیں۔ ان اشتہاروں سے اخبارات کے صفحات بھرے رہتے ہیں۔ بچوں کی گاڑیوں سے لے کر کفن دفن کے سامان تک کے اشتہارات۔ وہ دل ہی دل میں اپنی محسن مسز کوپر کو دعائیں دیتے رہتے ہیں، جو ہوائی میں ہنی مون منا رہی ہیں۔ مسٹر سینڈرس بھی اب اپنے آپ کو ایک بہت عظیم اور مخیّر انسان سمجھنے لگے ہیں، کیوں کہ انھوں نے قصبے کی عورتوں کو چھ ہزار ریوالور کی فروخت (قیمت میں اضافہ کر کے ہی سہی!) کے ساتھ ان کی جوانی کو سدا بہار رکھنے کے لیے دنیا کی اعلیٰ ترین گالوں کی سرخی کے بارہ ہزار جار مفت میں دیے ہیں۔

آسمانی سفر

ولیم ہینسن (ڈنمارک)

ترجمہ: نصر ملک

اینڈ ریس ولیم ہینسن (۱۵ جنوری ۱۹۰۰ء۔ ۱۲ مارچ ۱۹۹۱ء) شاعر، ناول نگار، کمپوزر اور مصور تھے جو ڈنمارک کے زیر انتظام نیم خودمختار جزائر فیرو کے باشندے تھے۔

پاکستانی نژاد نصر ملک نے ڈنمارک کے عالمی شہریت یافتہ مصنف و شاعر اور فلسفی ول سوَرن کی کتاب 'راگنارک' کی کتاب کا 'دیوتاؤں کا زوال' کے نام سے اردو میں ترجمہ کر کے اہل اردو کو ڈنمارک اور اسکینڈینیویائی میتھیالوجی اور اساطیری ادب سے روشناس کرایا ہے۔ اس کے علاوہ نصر ملک نے کئی ڈینش ادیبوں اور شاعروں کی تخلیقات کا اردو زبان میں ترجمہ کیا ہے، جن میں ٹووے ڈٹلیوسن جیسی عظیم ڈینش مصنفہ اور ہنرک نور براندٹ، مریانے لارسن اور بینی آنڈرسن جیسے شاعروں کی نظموں، گیتوں اور نغموں کے تراجم بھی شامل ہیں اور یہ تراجم نصر ملک کے آن لائن جریدے 'اردو ہمعصر ڈاٹ ڈی کے' پر پڑھے جاسکتے ہیں۔ اسی ویب سائٹ اور نصر ملک کے توسط سے کئی اردو تخلیقات کا ڈینش میں بھی ترجمہ کیا گیا ہے۔

اس کے لیے وہ محض ایک عام لڑکی تھی۔ اسے احساس ہی نہیں تھا کہ جس کے ساتھ وہ رفاقت کر رہا تھا وہ 'اشتراوت' تھی، قدیم چاند دیوی، جو محبت کی دیوی تھی اور جسے موت اور پیدائش پر بھی اختیار حاصل تھا۔

اس نے مذاقاً اُس سے وعدہ کر رکھا تھا کہ وہ اسے اپنی کشتی میں بٹھا کر کواکب کے ہجوم میں نیلے ستارے کی طرف لے جائے گا اور سیر کرائے گا۔ یہ فطری طور پر اس کی طرف سے اچھی نوعیت کا سلوک تھا اور اسے یقیناً توقع نہیں تھی کہ وہ اس کی دعوت کو سنجیدگی سے قبول کر لے گی۔ لیکن ایک سہانی شام جب وہ اپنی کشتی کو تیار کر رہا تھا

وہ، ساحل پر بیٹھی اس کا انتظار کر رہی تھی۔ اب اس کے پاس اِس کے سوا کوئی دوسرا چارہ نہیں تھا کہ وہ اسے اپنے ساتھ کشتی میں بٹھا کر دور گہرے پانی میں لے جائے۔

جوں ہی اس نے کشتی ساحل سے پانی میں اتاری، اس کی چھاتی میں خوشیوں کی گھنٹیاں بج اٹھیں۔ وہ سوچ بچار کرنے والا ایک ذہین شخص تھا، موسیقی اور شاعری تو اس کی رگوں میں بسی ہوئی تھی۔ اور وہ، وہ تو بس خوبصورتی کا مجسمہ تھی، پرستش کے لائق!

چند سالوں میں میری کشتی اپنے پیندے کے ساتھ ساحل پر پڑی ہوگی، جب کہ یہ لڑکی ابھی تک ایک کھلی ہوئی کلی، قابل تحسین و پرستش ہے، اس نے سوچا۔ لیکن مجھے اس سب سے کیا، جب تک وہ یہاں میری کشتی میں بیٹھی ہوئی ہے، میں اس کی حیرت انگیز جوانی کا وزن محسوس کر سکتا ہوں۔

سمندری پانی ایک براق آئینہ، آسمان کے ستاروں کو گود میں سمیٹے ہوئے تھا اور وہاں ایک عجیب، جادوئی کیفیت تھی، جو اس دنیا سے نہیں تھی۔ اوپر آسمان پر اور نیچے سمندر میں ستارے چمک رہے تھے، اور اب ایک طرح سے وہ دونوں کہکشاں ہی پر چل رہے تھے۔ اور پھر اچانک تاریکی میں سے بہت ساری جیلی مچھلیوں کی طرح تیرتا ہوا 'پلیاڈوس' نمودار ہوا۔ اور یہاں تک اجنبی آسمانی جیلی مچھلی خود بھی منظر پر آ گئی، بالکل 'اینڈ ومیڈا'، وہ قدیم ایتھوپیائی اساطیری شہزادی کی طرح کی، مثلاً وہ دور دراز کائنات جس کی روشنی کو زمین اور انسانی آنکھ تک پہنچنے میں دس لاکھ سال لگتے ہیں، لیکن پھر بھی کائناتی سمندری مخلوقات سے کہیں زیادہ آنکھوں کو خوبصورت، حسین و جمیل لگتی ہے۔ اب یہی منظر تھا، اس کی نگاہیں، سمندری لہروں میں حیرت انگیز طور پر چمکتے ہوئے 'دبِ اکبر' اور اس کے ساتھیوں کو درخشاں و تاباں دیکھ رہی تھیں۔

''کیا ہم جلد ہی وہاں موجود ہوں گے؟'' نوجوان عورت نے پوچھا۔

''آدھے گھنٹے سے بھی کم وقت ہیں، میں تو یہی کہوں گا'' اس نے ہلکی ہلکی نگاہوں سے اس کی طرف دیکھا اور بڑی خوشی سے جواب دیا۔

وہ پُر اسرار طور پر مسکرایا، اور اب ایک بار پھر اس کے اندر دھنیں بج رہی تھیں۔

لیکن اب جب وہ اٹھا تو اس کی حیرت کی انتہا نہ رہی، اس نے دیکھا کہ کشتی واقعتاً اس طرح اوپر اٹھنے لگی تھی جیسے اُسے کوئی بڑے مضبوط پر لگے ہوں۔ اب وہ وہاں بیٹھا ہوا میں پیڈل مار رہا تھا۔ اس کی رفتار تیز ہوگئی تھی۔ وہ چپّو کے ساتھ لیٹ گیا اور اپنے ہی خوبصورت خیالوں میں 'خواب دیکھنے لگا'، جہاں وہ محسوس کر سکتا تھا کہ کس طرح فضا اور وقت کا تناسب تیزی سے مسخ ہو جاتا ہے۔

اب اس کی حیرت نے اسے جلد ہی تکلیف و اضطراب میں مبتلا کر دیا کیوں کہ جیسے جیسے رفتار بڑھتی گئی اور کشتی زمین کے ماحول سے باہر نکلتی گئی، ایک ناخوشگوار بدبختی ہر شے پر چھا گئی۔ آسمان کے نیلے رنگ کی جگہ اب سیاہ بدصورتی نے لے لی تھی اور ستاروں نے بھی چمکنا چھوڑ دیا تھا۔ آسمانی خوبصورتی اور انسان دوستی ان کی آنکھوں سے تقریباً مٹ گئی تھی، اور وہ اندھیرے میں برف کے ٹھوس ڈلوں کی طرح لٹک رہے تھے۔

چاند کی حرکت رک گئی تھی، اس کا حلقہ جوز مین سے کہیں اونچا ہے، غلاظت و غربت کا یوں تاثر دے رہا تھا جیسے کسی نے کسی مرحلے کی پسماندہ شاخوں کو چھوڑ دیا تھا۔ اس نے خوف کی زد میں یہاں تک دیکھا کہ زمین بھی ایک افسوسناک شکل میں بدل گئی تھی؛ بالکل ایک دھندلی سرخ لالٹین کی یاد دلانے والی کوئی شے۔ اس طرح کی کئی بجھی ہوئی لالٹینوں کو دیکھا جا سکتا تھا۔ ناقص، پرانے زمانے کے لیمپ جنھیں وقت نے بہت پیچھے چھوڑ دیا تھا۔ مریخ اور وینس، مشتری اور زحل، اور انوس و نپچون۔ اِن میں سے ایک کو خاص طور پر نوادرات، آرائشی حلقوں اور کٹھ پتلیوں کے المناک انداز سے دوسروں سے ممتاز کیا جا سکتا تھا، جو اس متجسس غبارے 'آرنین' کی یاد دلاتا تھا جس میں بیٹھ کر سویڈش مہم جو آندرے نے سنہ ۱۸۹۷ء میں اڑتے ہوئے قطب شمالی تک پہنچنے کی کوشش میں اپنی جان گنوا دی تھی، یا پھر یہ مٹی کے تیل کے ان لیمپوں میں سے ایک تھا جو اب بھی ملک کے دیہی علاقوں میں پرانے زمانے کے پارلروں میں پائے جاتے ہیں۔ ان سب پرانے چھت والے لیمپوں سے درحقیقت مٹی کے تیل اور زہریلے بخارات والی بے ہوشی کی بو آ رہی تھی۔ سورج، جو صدی کے موڑ کے گرد کچھ ناخوشگوار طور پر ہنستے اور پھیلتے ہوئے منتل لیمپ کی طرح چڑھائی میں موجود تھا، اب بہت پیچھے چلا گیا تھا۔ اندھیرا تقریباً مکمل ہو گیا تھا، لیکن اس میں کوئی طاقت نہیں تھی۔ درحقیقت، کائنات کی وسعت جوز مینی افادیتی نقطہ سے طاقت کو اس طرح کا بلند مقام بخشتی ہے، اب یہ محض غربت کے ایک بھاری بھرکم اور بے معنی بوجھ کی طرح محسوس ہو رہی تھی، یعنی اک گھٹیا خانہ، ایک تنگ اور بہت خستہ حال گودام!

اب وہ اپنی منزل، روشن ترین، شلیاق ستارے کے قریب پہنچنے والے تھے، لیکن افسوس وہ بھی نا امیدی کا ایک بے مقصد اور دلچسپی سے بالکل خالی ایک سیاہ مجسمہ نکلا۔ ''کیا اِس میں سبھی کچھ ہے؟'' لڑکی پوچھا، جو کشتی کے کنارے پر بیٹھی ہوئی تھی۔ اب اس کے پاس کچھ کہنے، کرنے کو تھا نہیں، سوائے اس کے کہ وہ اپنے بے بس ہونے کی تصدیق کرے۔

اب اس نے وحشت اور کپکپی کی صورت حال میں دیکھا کہ لڑکی کا جوان چہرہ بھی بدل کر سست اور مدھم ہو چکا تھا اور اس کے چہرے کے خدوخال کی خوبصورت خصوصیات غائب تھیں اور اس پر جھریاں ابھر آئیں تھیں۔ گال، کھوکھلے تھے، اور اس کے منھ کے کونوں پر سیاہ لکیریں نمودار ہو رہی تھی اور اس کے گھنے، بھرے، طلسماتی آتش گیر بال، راکھ کی طرح سفید اور بے جان ہو چکے تھے۔

''مجھے نہیں معلوم کہ یہ سب کچھ کیسے ہوا۔'' اس نے ایک سسکی آمیز انداز میں سوچا، اور پھر خود کو ایک مایوس کن پسپائی پر چھوڑ دیا۔ اس سب کا مطلب، صرف ایک مذاق ہی تھا۔

لڑکی نے کوئی جواب نہ دیا، اس کے پاس بھی مزید کچھ کہنے کو نہیں تھا۔ اس نے اپنے تئیں مزید غور و فکر کرتے ہوئے اپنی پوری طاقت سے کوشش کی کہ جو کچھ بھی ہوا ہے اس کی وجہ سے ان خوفناک چیزوں کی وضاحت حاصل کی جا سکے لیکن اسے اس جواب کے سوا کچھ اور نہ مل سکا کہ ''یہی آخیر ہے: موت اِسی طرح آتی ہے۔'' اور اب، اس نے یہ بھی دیکھا کہ اس کا دل مرجھا رہا ہے اور اس کی شریانوں میں نبض کس طرح سست پڑتی جا رہی

ہے۔

اب آہستہ آہستہ کچھ تھوڑے سے خوف اور پچھتاوے نے اسے ایک نا قابل بیان تھکاوٹ اور ٹھنڈ سے دوچار کر دیا۔اس نے اپنی گردن جھکا کر اپنے چہرے کو اپنیلز رتے ہوئے ہاتھوں میں چھپالیا۔لیکن اچانک اسے محسوس ہوا کہ کسی نے اس کے ماتھے پر بوسہ دیا ہے۔اس کے دل میں امید کی ایک لہر پھیل گئی، اور جب اس نے اپنا سر اُٹھایا تو اس نے بڑی حیرت سے دیوی کی نگاہوں میں دیکھا اور جان لیا کہ یقینا کوئی معجزہ رونما ہوا ہے۔

تشکر اور نئی امیدوں سے دوچار، اس نے دیکھا کہ زندگی کس طرح ایک جوان وخوبصورت عورت کی خصوصیات کی طرف لوٹ رہی ہے۔اس کی آنکھوں میں نرم چمک آگئی اور، اس کے ہونٹ کانپنے لگے اور پھر اچانک وہ بڑی گرمجوشی سے مسکرایا اور پھر اس نے بڑے جوش اور گہری خوشی سے ایک لمحے کے لئے ایک دم آنکھیں بند کر کے، خود کو اس کے حوالے کر دیا۔

اب جب اس نے آنکھیں کھولیں تو اپنی کشتی میں تنہا بیٹھا ہوا تھا اور وہ چپو پر اپنے ہاتھوں کی گرفت محسوس کر سکتا تھا۔ بلور کی طرح شفاف، بڑی بڑی سمندری لہریں آسمان کو چھوچھو کر اب تھک چکی تھیں۔اس نے اپنے جسم کی پوری مضبوطی کے ساتھ ایک گہرا سانس لیا۔ بلور کی مانند ہموار اور خوشبوؤں سے معطر، ٹھہرا ہوا سمندر، اس نے ایک بار پھر گہری سانس لی۔اب اس نے ایک بار پھر سات ستاروں کے جھرمٹ کو دیکھا جو اسے شبنم میں بھیگے ہوئے نارنجی موتیوں کی طرح محسوس ہوئے، اور وہ 'اورین برج'، آسمان کا دسواں بڑا ستارہ، ایک سرخ رنگ کا چمکدار ہالہ! لہروں میں اس کی عکاسی، روشنی کی چمک، سب کچھ اس کے سامنے تھا۔کہکشاں کا ایک طویل ولا محدود حد تک پھیلا ہوا سلسلہ، ستاروں کی جھلملاہٹ جو وقت اور مادے کا اس قدر نا قابل فہم وزن برداشت کرتا ہے لیکن ایک جاندار کی روحانی روح سے بھی ہلکا ہوتا ہے۔ان سارے راس چکروں کی لرزتی کانپتی چمک دمک یوں تھی کہ انسانی روح میں محبت کی حیرت کی عکاسی ہوتی تھی۔

لیکن وہ دیوی تو جا چکی تھی۔اس کا بوسہ اب بھی اس کی روح میں برقی لہروں کی طرح ٹکا ہوا تھا اور اس کے بالوں کی ہلکی خوشبو اب بھی ہوا میں موجود تھی اور اِس میں سمندری نمک اور ساحل کی گیلی ریت کی تازہ باس بھی ملی ہوئی تھی۔

لیکن دیوی تو جا چکی تھی۔

وہ گہری حیرت میں کھویا ہوا، کشتی سے اُترا اور، آہستہ آہستہ چلنے لگا۔

شادیٔ مرگ

نٹ ہمسن (ناروے)

ترجمہ: خاقان ساجد

نٹ ہمسن (۱۸۵۹ء۔ ۱۹۵۲ء) ایک نارویجن زبان کے ادیب تھے، آپ نے نوبل ادب انعام ۱۹۱۹ء میں جیتا۔

کوپن ہیگن میں بندرگاہ کی اندرونی گودی کے قریب ایک سڑک ہے جس کا نام 'ویسٹرو ولڈ' ہے۔ یہ نسبتاً نئی اور کم آباد سڑک ہے جس کے دونوں طرف اونچے اونچے درخت ایستادہ ہیں۔ سڑک پر زیادہ گھر تعمیر نہیں ہوئے۔ یہاں گیس لیمپ کے چند ایک کھمبے ہیں اور لوگ خال خال ہی نظر آتے ہیں۔ آج کل سردیوں کے اختتام میں بھی کم ہی آدمی ادھر چہل قدمی کرتا نظر آتا ہے۔

ہاں! تو کل شام اس سڑک پر مجھے ایک حیران کن تجربہ ہوا۔ میں اس سڑک پر ہوا خوری کر رہا تھا۔ سڑک کے کنارے بنے ہوئے راستے پر میں نے ابھی دو چکر لگائے تھے کہ مخالف سمت سے مجھے ایک عورت اپنی طرف آتی دکھائی دی۔ سڑک پر دور دور تک کوئی اور ذی روح نظر نہیں آ رہا تھا۔ کھمبوں پر گیس کے لیمپ روشن ہو چکے تھے، مگر پھر بھی مجموعی طور پر سڑک پر اندھیرا ہی تھا۔ اتنا اندھیرا کہ میں عورت کا چہرہ واضح طور پر نہیں دیکھ سکا۔

''ہوگی کوئی رات کا دھندا کرنے والی مخلوق۔'' میں نے دل ہی دل میں سوچا اور اس کے پاس سے گزر گیا۔

سڑک پر اختتام پر پہنچ کر میں پلٹا تو میں نے دیکھا کہ دوسری جانب سے وہ بھی پلٹ رہی ہے۔ تھوڑی دیر بعد وہ پھر سامنے تھی۔ ''ہوسکتا ہے وہ کسی کا انتظار کر رہی ہو۔'' میں نے سوچا اور مجھے کچھ کچھ تجسس بھی ہوا کہ دیکھوں وہ کس کی منتظر ہے۔ بہرکیف میں اس کے پاس سے گزر کر آگے نکل گیا۔

جب تیسری بار میرا اس سے سامنا ہوا تو میں نے اپنا ہیٹ اتارتے ہوئے سر خم کیا اور اس سے مخاطب

ہو کر کہا: ''شام بخیر! کیا آپ کسی کی منتظر ہیں؟''

وہ حیرت زدہ رہ گئی اور گڑ بڑا کر بولی: ''نہیں۔۔۔میرا مطلب ہے ہاں۔۔۔میں کسی کا انتظار کر رہی ہوں۔''

اس کی گھبراہٹ سے صاف محسوس ہو رہا تھا کہ وہ غلط بیانی سے کام لے رہی ہے، چنانچہ میں نے اس سے پوچھا کہ جب تک وہ شخص جس کا وہ انتظار کر رہی ہے، نہیں آ جاتا اسے میرے ساتھ چہل قدمی پر اعتراض تو نہ ہو گا۔ اس نے میری تجویز پر قطعاً کوئی اعتراض نہ کیا بلکہ شکر گزاری کا اظہار کرنے لگی۔ چند لمحوں بعد اس نے خود ہی اعتراف کیا کہ وہ کسی کا انتظار نہیں کر رہی تھی، صرف ہوا خوری کے لیے نکلی تھی۔

ہم دونوں ساتھ ساتھ چلنے لگے اور چھوٹے چھوٹے غیر اہم موضوعات پر بات چیت کرنے لگے۔ چلتے چلتے میں نے اسے اپنا بازو بطور سہارا پیش کرنا چاہا۔

''نہیں شکریہ۔'' اس نے نفی میں سر ہلاتے ہوئے کہا۔

اس طرح فضول چہل قدمی کا کوئی فائدہ تو تھا نہیں۔ میں اسے اندھیرے میں دیکھ بھی نہیں سکتا تھا۔ چنانچہ میں نے وقت دیکھنے کے بہانے دیا سلائی سلگائی اور اس کے چہرے کے سامنے روشنی کرتے ہوئے اسے بھی دیکھ لیا۔

''نو بج گئے ہیں۔'' میں نے جیسے خود سے کہا۔

وہ ٹھنڈی ہوا سے ہولے سے کانپی تو مجھے موقع ہاتھ آ گیا۔ میں نے بے تکلفی کا سہارا لے کر کہا: ''تم ٹھنڈ محسوس کر رہی ہو؟'' پھر میں نے پوچھا، ''کیوں نہ ہم کسی جگہ چل کر کچھ پئیں؟ 'ٹی دولی' میں یا 'نیشنوئل' میں؟''

''مگر، تم خود سوچو۔ میں اس وقت کہیں نہیں جا سکتی۔'' اس نے جواب دیا۔ اس وقت میں نے پہلی بار محسوس کیا کہ اس نے ایک لمبا سیاہ باریک نقاب پہن رکھا تھا۔ میں نے اس سے معذرت کی اور اپنی غلطی پر اندھیرے کو الزام دیا۔ اس نے جس انداز میں میری معذرت فوراً قبول کی، اس سے میرا دل قائل ہو گیا کہ وہ کوئی ایسی ویسی عورت نہیں ہو سکتی۔

''کیا تم میرے بازو کا سہارا پسند کرو گی؟'' میں نے ایک بار پھر تجویز دی۔ ''اس طرح ٹھنڈک کا احساس قدرے کم ہو جائے گا۔''

اس نے میری پیشکش قبول کر لی۔

ہم دونوں نے سڑک کے ایک دو چکر لگائے، پھر اس نے مجھ سے وقت پوچھا۔

''دس بج رہے ہیں۔'' میں نے جواباً کہا۔ ''تم کہاں رہتی ہو؟''

''گیملے گانگی وی میں''

میں رک گیا۔

''کیا میں تمھیں تمھارے گھر کے دروازے تک چھوڑنے چلوں؟'' میں نے پوچھا۔

''نہیں، یہ ٹھیک نہیں ہوگا۔'' اس نے جواب دیا۔ ''تمھیں تکلیف ہوگی۔ تم تو بریڈ گیڈ میں رہتے ہو، کیوں میں ٹھیک کہہ رہی ہوں نا؟''

''تمھیں کیسے پتہ؟'' میں نے حیرت سے پوچھا۔

''اوہ، مجھے معلوم ہے تم کون ہو۔'' اس نے جواب دیا۔

ایک سکوت چھا گیا۔ ہم دونوں بازوؤں میں بازو ڈالے روشن گلیوں میں آ گئے۔ وہ تیز قدموں سے چل رہی تھی اور اس کا باریک نقاب پیچھے ہوا میں لہرا رہا تھا۔

''ہمیں جلدی کرنی چاہیے۔'' اس نے کہا۔

ہم گیملے گانگی وی میں اس کے گھر کے دروازے پر پہنچے تو اس نے پلٹ کر میری طرف دیکھا جیسے اس کی بحفاظت معاونت پر میرا شکریہ ادا کرنا چاہتی ہو۔ میں نے اس کے لیے دروازہ کھولا، وہ آہستگی سے اس میں داخل ہوگئی۔ میں نے کندھے سے دروازے کو تھوڑا دھکیلا اور اس کے پیچھے گھر میں داخل ہوگیا۔ اندر پہنچ کر اس نے میرا ہاتھ تھام لیا۔ ہم دونوں نے کوئی بات نہیں کی۔ میں دیکھا احاطے میں ایک تین منزلہ عمارت تھی۔ ہم دونوں نے سیڑھیوں سے دو منازل طے کیں اور اس کے بعد تیسری منزل پر آ گئے۔ اس نے اپنے اپارٹمنٹ کا بیرونی دروازہ بند دروازہ چابی سے کھولا۔ اس کے بعد ایک دوسرا دروازہ کھولا اور میرا ہاتھ پکڑ کر مجھے اندر لے گئی۔ یہ ڈرائنگ روم لگ رہا تھا جس کی دیوار پر لگے گھڑیال کی 'ٹک ٹک' واضح طور پر سنائی دے رہی تھی۔ گھر میں داخلے کے بعد اس عورت نے لمحہ بھر کا توقف کیا اور پھر دفعتاً اپنے بازوؤں میں لے کر لرزتے ہوئے، پیار سے میرا بوسہ لے لیا۔

''بیٹھ جاؤ نا!'' اس نے مٹھاس بھرے لہجے میں کہا۔ ''صوفہ ادھر ہے۔ میں ذرا روشنی کر دوں۔''

اس نے ایک لیمپ جلا دیا۔

میں نے حیرت اور تجسس سے اردگرد کا جائزہ لیا۔ میں ایک وسیع، بہت خوبصورتی سے سجے اور فرنیچر سے آراستہ ڈرائنگ روم میں بیٹھا تھا جس میں ایک طرف کئی کمروں کے ادھ کھلے دروازے دکھائی دے رہے تھے۔ مجھے کچھ اندازہ نہیں ہوا کہ میں جس عورت کی معیت میں اس گھر میں داخل ہوا ہوں، وہ کس قبیل سے تعلق رکھتی ہے۔

''واہ کیا خوبصورت کمرہ ہے۔'' میں تعریفی نظروں سے کمرے کا جائزہ لے کر بولا۔ ''کیا یہ تمھارا گھر ہے؟''

''ہاں، میں یہاں رہتی ہوں۔ یہ میرا گھر ہے۔'' اس نے جواباً کہا۔

''تمھارا گھر؟ تم اپنے والدین کے ساتھ یہاں رہتی ہو؟''

''ارے نہیں۔'' وہ ہنسنے لگی۔ ''میں اتنی جوان بھی نہیں۔ ابھی تم دیکھ ہی لو گے۔'' یہ کہہ کر اس نے اپنا نقاب اتارا، پھر اپنے کپڑوں پر پہنا ہوا نفیس لبادہ کھول کر صوفے پر اچھال دیا۔

''دیکھا! میں نے نہیں کہا تھا کہ میں اتنی جوان نہیں۔'' اس نے کہا اور ایک بار پھر شدت جذبات اور کسی بے قابو اور بے لگام خواہش سے مغلوب ہو کر مجھے اپنے بازوؤں میں بھرلیا۔

وہ بائیس تئیس برس سے زیادہ عمر کی نہیں تھی۔ اس نے ہاتھ کی ایک انگلی میں انگوٹھی پہن رکھی تھی جس سے کچھ کچھ اندازہ یہی ہوتا تھا کہ شادی شدہ ہے۔ خوبصورت؟ نہیں، اس کے چہرے پر پرچھائیاں تھیں اور بھنویں برائے نام تھیں مگر اس کا بدن زندگی سے بھرپور تھا، یوں امنڈتا ہوا جیسے سوڈے کی بوتل آواز بھری جھاگ کے ساتھ کھل جائے۔ چہرے کے نقوش بہت دلکش تھے۔ تین چار سال پہلے وہ یقیناً ایک خوبرو دوشیزہ رہی ہوگی۔

میں اس سے پوچھنا چاہتا تھا کہ وہ کون ہے، اس کا خاوند، اگر کوئی ہے تو کدھر ہے اور جس گھر میں، میں بیٹھا ہوں یہ کس کا ہے؟

مگر ہر بار میری یہ کوشش اس کی وحشت کی نذر ہو جاتی۔ وہ مجھ پر گر گر پڑتی تھی۔

''میرا نام ایلن ہے۔'' اس نے خود ہی بتایا۔ ''کیا تم کچھ پینا پسند کرو گے؟ اگر میں بیل بجاؤں تو کوئی نہیں جاگے گا، بس نوکرانی آئے گی، تم اس سے پہلے اس بیڈ روم میں چلے جانا۔'' اس نے ایک کمرے کی طرف اشارہ کیا۔

میں اس کمرے میں داخل ہو گیا۔ ڈرائنگ روم سے آنے والی روشنی نے کسی حد تک اس کمرے کو بھی روشن کر دیا تھا۔ میں نے اس کمرے میں ساتھ جڑے ہوئے دو بیڈ دیکھے۔ ایلن نے گھنٹی بجائی اور کچھ دیر بعد مجھے ایک نوکرانی کی آواز آئی جو شراب رکھ کر چلی گئی تھی۔ چند لمحوں بعد ایلن بھی بیڈ روم میں آ گئی، مگر دروازے کے پاس رک گئی۔ میں نے اٹھ کر ایک قدم اس کی طرف بڑھایا ہوگا کہ وہ ایک سسکاری بھر کر دوڑ کر مجھ سے لپٹ گئی ---پھر---

یہ ہے کل شام کا وہ حیران کن قصہ!

اس کے بعد کیا ہوا؟ صبر صبر! ابھی تو بہت کچھ بتانا باقی ہے۔ یہ رنگین سنگین رات گزر گئی۔ سحر نمودار ہونے کا وقت آیا تھا کہ میری آنکھ کھلی۔ دن کی روشنی کھڑکی کے پردوں سے آہستہ آہستہ اندر داخل ہو رہی تھی۔ ایلن بھی بیدار ہو گئی تھی اور تھکی تھکی مسکراہٹ سے میری طرف دیکھ رہی تھی۔ اس کے سپید مخملیں بازو اور سینے کا ابھار بہت دلفریب لگ رہا تھا۔ میں نے سرگوشی میں اس سے کچھ کہنا چاہا مگر اس نے اپنے ہونٹوں سے میرا منھ نرمی سے بند کر دیا۔

دن کی روشنی پھیلتی چلی گئی۔

دو گھنٹے بعد میں اٹھ کھڑا ہوا۔ ایلن بھی اٹھ چکی تھی اور لباس تبدیل کرنے کے بعد تیار ہو رہی تھی۔ اس نے اپنے جوتے پہنے اور بال ٹھیک کیے۔ یہ وہ لمحہ تھا جب میں نے ایسی چیز دیکھی جو مجھے اب بھی ایک بھیانک خواب کی طرح لگ رہی ہے۔ میں بیسن پر منھ دھو رہا تھا۔ ایلن کو ساتھ والے کمرے سے کوئی چیز لینا تھی جس کے لیے اس نے درمیان والا دروازہ کھولا۔ اس لمحے میں اچانک مڑا تو میری کمرے میں نظر پڑی۔ میں نے ایک

عجیب سرد کر دینے والا منظر دیکھا۔ کمرے کے وسط میں مجھے ایک بڑے میز پر ایک لاش رکھی نظر آتئ۔ یہ کفن میں لپٹی ہوئی ایک ادھیڑ عمر مرد کی لاش تھی جس کی سفید ڈاڑھی تھی۔ کفن کے اندر سے ایک سوکھا ہوا کمزور سا گھٹنا نظر آ رہا تھا اور چادر سے باہر اس کے کمزور بازو اور بھنچی ہوئی مٹھی دکھائی دے رہی تھی۔ اس کا زرد اور بیمار چہرہ بہت بھیانک دکھائی دے رہا تھا۔ اچھی خاصی روشنی تھی، اس لیے سب کچھ واضح نظر آ رہا تھا۔ میں نے اپنا رخ پھیر لیا اور منھ سے ایک لفظ بھی نہیں نکالا۔

کچھ دیر بعد ایلن واپس آئی تو میں تیار ہو چکا تھا اور باہر نکلنے کا منتظر تھا۔ وہ اب بھی مجھ سے لپٹ رہی تھی مگر میں اس کی بے تابیوں کا ساتھ دینے کے لیے اپنی طبیعت آمادہ نہیں کر پا رہا تھا اور میرے جوابی اقدام نیم دلانہ تھے۔ اس نے اپنے چست لباس پر ایک اضافی لبادہ پہنا اور باریک سیاہ نقاب لگایا تو مجھے اندازہ ہوا کہ وہ بھی میرے ساتھ باہر جا رہی ہے۔

ہم دونوں باہر نکلے۔ وہ عمارت کے احاطے سے باہر گلی کے کونے تک مجھے چھوڑنے آئی۔ میں اس کے ساتھ بالکل خاموش چلتا رہا، اس سے کچھ نہیں پوچھا۔ گلی کے آخر پر دیوار کی اوٹ میں وہ اس طرح کھڑی ہو گئی کہ کسی کی نظر نہ پڑے۔

''اچھا خدا حافظ۔'' اس نے سرگوشی کی۔

''کل شام تک کے لیے؟'' میں جان بوجھ کر اٹکتے ہوئے پوچھا۔

''نہیں، کل شام نہیں۔''

''کل کیوں نہیں؟''

''میری جان زیادہ سوال نہیں کرتے۔ مجھے کل ایک جنازے پر جانا ہے۔ میرا ایک رشتہ دار انتقال کر گیا ہے۔ ادھر گھر پر ہی۔ تم نے دیکھا ہو گا؟''

''پھر پرسوں؟''

''ہاں، پرسوں ٹھیک ہے، میں دس بجے دروازے پر منتظر رہوں گی۔ اچھا خدا حافظ۔''

میں چلا آیا۔

وہ کون تھی؟ وہ لاش کس کی تھی؟ وہ بھنچی ہوئی مٹھیوں اور بیمار چہرے والا بوڑھا کون تھا؟ اور کس قسم کا بھیانک ڈرامہ تھا؟ میں یہ جاننا چاہتا تھا۔ پرسوں وہ پھر میری منتظر ہو گی۔ کیا مجھے جانا چاہیے؟

میں وہاں سے سیدھا برنینا کیفے میں گیا اور ویٹر سے ٹیلی فون ڈائریکٹری طلب کی۔ نمبر دیکھتے ہوئے میں 'گیمیلے گانگی وی' کی فہرست پر پہنچا اور سامنے لکھا ہوا نام دیکھ کر رک گیا۔ تھوڑی دیر بعد صبح کے اخبارات آ گئے۔ کافی پیتے ہوئے میں ایک اخبار کے اعلانات والے صفحے پر نظر دوڑانی شروع کی تو 'اعلانات مرگ' کے نیچے مجھے ایلن کی طرف سے دیا ہوا اعلان سرفہرست لکھا نظر آیا۔ نیچے ڈائریکٹری والا پتہ درج تھا۔ اعلان تھا:

''میرا خاوند، مسٹر ہیمسن بجورنسن، عمر ۵۳ سال، آج صبح طویل بیماری کے بعد انتقال کر گیا۔''

اعلان پر پرسوں کی تاریخ تھی۔

میں دیر تک وہاں بیٹھا سوچتا رہا۔ایک مرد شادی کرتا ہے۔اس کی بیوی اس سے تیس برس چھوٹی ہے۔ ایک دن وہ مر جاتا ہے اور اس کی بیوہ اسے منزل تک پہنچانے سے پہلے خود اپنی منزل حاصل کر لیتی ہے؛ یعنی ایک تپتا ہوا دن اختتام کو پہنچتا ہے اور تشنگی کی رات ڈھل جاتی ہے۔

چوہے دان

سیلمہ لاغرلوف (سوئیڈن)

ترجمہ: سلیم صدیقی

سیلمہ لاغرلوف، Selma Ottilia Lovisa Lagerlof (۲۰ نومبر ۱۸۵۸ء-۱۶ مارچ ۱۹۴۰) ایک سوئیڈش ادیبہ اور ٹیچر تھیں۔ ان کا پہلا ناول ان کی ۳۳ برس کی عمر میں شائع ہوا۔ سیلمہ لاغرلوف پہلی خاتون قلم کار ہیں جنھیں ۱۹۰۹ء میں نوبل پرائز سے نوازا گیا۔

اگلے وقتوں کی بات ہے کہ ایک آدمی تار سے بنے ہوئے چوہے دان بازاروں، گلیوں میں گھوم پھر کر بیچا کرتا تھا۔ یہ چوہے دان وہ دکانوں اور بڑے فارم ہاؤسوں سے خیرات میں حاصل کیے ہوئے سامان سے رات گئے تک بناتا رہتا تھا، لیکن اس کے باوجود اس کو اس کام میں کوئی منافع نہیں ملتا تھا۔ چنانچہ وہ بھیک مانگنے کے علاوہ چھوٹی موٹی چوریاں بھی کر لیتا تھا اور اس طرح وہ اپنی جسمانی اور روحانی قوت کو ایک ساتھ صحیح سلامت رکھنے میں کامیاب تھا، لیکن پھر بھی اپنے پھٹے پرانے کپڑوں پچکے ہوئے گالوں اور اندر کو دھنسی ہوئی آنکھوں سے ہمیشہ اس کی غربت اور مفلوک الحالی ٹپکتی رہتی۔

کسی کو بھی اس خانہ بدوش آدمی کی غمگین، اداس اور بے کیف زندگی کی کلفتوں کا صحیح اندازہ نہیں ہوسکتا تھا جو ہمیشہ کسی سوچ میں گم سڑکیں ناپا کرتا تھا۔ لیکن ایک دن اس آدمی کو ایک ایسا خیال سوجھا جو اس کے لیے کچھ طمانیت کا سبب بن گیا۔ بات یہ تھی کہ وہ معمول کی طرح اپنے چوہے دانوں کے بارے میں ہی سوچ رہا تھا کہ اچانک اس کے ذہن میں یہ تصور اُبھرا کہ اس کے گرد جو پوری دنیا ہے، جس میں اتنی وسیع و عریض زمین، ٹھاٹھیں مارتے سمندر، سیکڑوں، ہزاروں شہر اور گاؤں شامل ہیں۔ یہ پوری دنیا ایک بڑا چوہے دان ہی ہے اور یہ دنیا صرف اور صرف اس مقصد کے لیے قائم ہے کہ لوگوں کو کسی طرح دھوکے سے اپنے اندر پھنسا لے۔ اس مقصد کے لیے وہ

دولت اور عیش وعشرت پیش کرتی ہے۔ بہترین رہائش گاہوں کی آسائشوں اور انواع واقسام کے کھانوں کی لذتوں سے ہمکنار کرتی ہے۔ گرمی اور ٹھنڈک کا انتظام کرتی ہے اور آرائش بدن کے لیے قسم قسم کے لباس ایجاد کرتی ہے۔ یہ سب کچھ چیزیں بالکل چوہے دان کے فریبی چاروں یعنی پنیر، گوشت وغیرہ کی طرح ہوتی ہیں۔ کوئی بھی شخص دھوکہ کھا کر ان جیسے چاروں پر منہ مارتا ہے تو پنجرے میں بند ہو جاتا ہے اور یوں وہ ہمیشہ کے لیے قیدی بن جاتا ہے۔

دنیا مفلس آدمی پر کبھی بھی مہربان نہیں ہوئی تھی۔ اس لیے دنیا کے بارے میں اس بُرے تصور کے ذریعے ہی اس نے اپنے دل میں ایک قسم کی مسرت حاصل کر لی۔ اس کے بعد تو اس کا یہ معمول ہو گیا کہ سڑکوں، گلیوں میں چلنے کے دوران اس کی نظریں جب اپنی جان پہچان کے صاحبِ حیثیت لوگوں پر پڑتیں تو وہ دل ہی دل میں ان کے لیے ہمدردی کے جذبات لے آتا اور افسوس کرتا کہ بے چارے اس خطرناک چوہے دان میں پھنس گئے ہیں۔ وہ ان لوگوں کے لیے بھی دعائے خیر کرتا جو ابھی پنجرے یا چوہے دان میں بند تو نہیں ہوئے لیکن چارے کی خوشبو میں مست ہو کر بُری طرح ان کے گرد منڈلاتے دکھائی دے رہے ہیں۔

ایک دن وہ اسی طرح سڑکوں پر گھوم رہا تھا کہ رات تاریک ہو گئی۔ اتنے میں اس کو سڑک کے کنارے بنی ایک کٹیا نظر آئی۔ اس نے سوچا کہ رات یہیں گزار لینی چاہیے۔ چنانچہ اس نے دروازے پر دستک دی۔ خوش قسمتی سے اس کٹیا میں رہنے والا ایک بوڑھا آدمی اکثر دوسرے رہائشیوں، مالکوں کے برعکس بدتمیز یا خرانٹ قسم کا نہیں نکلا بلکہ اس نے اس کی آمد پر بڑی مسرت کا اظہار کرتے ہوئے کہا کہ کیوں کہ نہ تو اس کی کوئی بیوی ہے، نہ کوئی اولاد، اس لیے قسمت سے رات کی تنہائی کے کچھ لمحات اس کے ساتھ کٹ جائیں گے تو اس سے اچھی کیا بات ہوگی۔ ان خیر مقدمی کلمات کے ساتھ ہی بوڑھے آدمی نے دلیہ تیار کرنے کی غرض سے آگ روشن کر دی اور اس طرح مہمان کی پیٹ پوجا کرائی۔ اس کے بعد اس نے تمباکو کا بڑا سا پتا نکالا، جو دونوں لوگوں کے پائپوں کے لیے کافی تھا۔ پھر اس نے ایک بوسیدہ تاش کے پتوں کا پیکٹ نکالا اور دونوں 'ماجوس' نامی کھیل سے سونے کے تک لطف اندوز ہوتے رہے۔

اس دوران بوڑھا آدمی اپنے دلیے اور تمباکو کی دعوت میں فراخدلی دکھانے کے ساتھ ساتھ اپنی ذات کے گوشوں کو بھی بڑی فراوانی سے آشکار کر رہا تھا۔ اس نے مہمان کو بتایا کہ ماضی میں وہ کافی خوشحال تھا، کیوں کہ وہ 'رامسجو آئرن ورکس' سے وابستہ تھا، جہاں وہ اس ادارے کی زمینیں ٹھیکے پر کاشت کرتا تھا۔ اس نے یہ بھی بتایا کہ اب جب کہ وہ مزدوری کرنے کے قابل نہیں تو صرف اپنی گائے کے سہارے اپنی زندگی کے دن گزار رہا ہے۔ اس گائے کو اس نے محبت سے اپنی مالکن بنا کر اس کی غیر معمولی خوبیوں کا ذکر کیا۔ جس میں اس کی وافر مقدار میں دودھ دینے کی صلاحیت بھی شامل تھی، جس سے اس کے کہنے کے مطابق اتنا کریم نکلتا تھا کہ اس کی مدد سے ہی اس کا خرچہ پانی آرام سے نکلتا تھا۔ اس نے اس سلسلے میں فخر سے مثال دی کہ پچھلے مہینے ہی اس کی فروخت سے اس کو تیس کرونز ملے تھے جو اب تک اس کے پاس محفوظ ہیں۔

میز بان کو محسوس ہوا کہ شاید اس کا اجنبی مہمان اس کی بات پر یقین کرنے کو تیار نہیں۔ لہٰذا اس نے کھڑکی کی جانب بڑھ کر اس کے فریم میں ٹھکی ہوئی چرمی پوٹلی اتاری اور اس کے اندر سے دس دس کرونز کے تین مڑے تڑے نوٹ نکال کر وہ اپنے مہمان کی آنکھوں کے سامنے لہرانے لگا، تاکہ اس کو اس کی بات پر اعتبار آ جائے۔ پھر اس نے یہ نوٹ دوبارہ اسی پوٹلی میں ڈال دیے۔

نئی صبح تڑکے وہ بیدار ہوئے تو موسم بڑا خوشگوار تھا۔ میز بان اپنی گائے کا دودھ دہونے کے کام کی وجہ سے کٹیا سے باہر نکلنے کی عجلت میں تھا، جب کہ مہمان بھی سوچ رہا تھا کہ جب کٹیا کا مالک ہی باہر جا رہا ہے تو اجنبی کی حیثیت میں اس کے لیے بھی بستر پر پڑے رہنا کچھ مناسب بات نہیں۔ چنانچہ دونوں ایک ساتھ کٹیا کو خالی کر کے باہر نکل آئے۔ میز بان نے کٹیا کے دروازے پر تالا لگا دیا اور اس کی چابی اپنی جیب میں رکھ لی۔ چوہے دان والے مہمان نے اس کی مہمان نوازی کا بہت بہت شکریہ ادا کیا اور پھر دونوں اپنی اپنی راہ چل دیے۔

لیکن تقریباً آدھے گھنٹے بعد چوہے دان بیچنے والے پھر واپس اسی کٹیا کے سامنے آ کھڑا تھا مگر اندر داخل ہونے کی نیت سے نہیں۔ اس نے کٹیا کی کھڑکی کی طرف جا کر اس کے ایک جانب کے شیشے کو توڑ دیا اور کھڑکی کے فریم کی کیل پر لٹکی ہوئی تیس کرونز والی چرمی پوٹلی کو اپنے بڑھے ہوئے ہاتھ سے قابو میں کر لیا۔ اس پوٹلی میں سے اس نے پوری رقم نکال کر اپنی جیب میں ٹھونسی اور خالی پوٹلی کو پھر بڑے احتیاط سے اپنی جگہ لٹکا دیا۔ اس کے بعد وہ وہاں سے ڈگ بھرتا ہوا چل دیا۔

جب وہ اپنی جیب میں رقم لیے چل رہا تھا تو اپنی ذہانت اور چالاکی پر اترا بھی رہا تھا۔ اس کو احساس تھا کہ اس وقت کسی عوامی سڑک پر چلنا اس کے لیے خطرے سے خالی نہیں۔ اس لیے اس کے لیے بہتر ہے کہ جنگل کی طرف مڑ جائے۔ شروع کے چند گھنٹوں میں تو اس کو پریشانی محسوس نہیں ہوئی لیکن دن چڑھنے کے ساتھ ساتھ اس پر خوف سا طاری ہونے لگا، کیوں کہ وہ بے خیالی میں ایک ایسے جنگل کے بیچ داخل ہو گیا تھا جو نہایت گھنا اور پیچیدہ تھا۔ اب وہ اپنی دانست میں جس درست راہ پر بھی چلنے کی کوشش کرتا تو وہ آگے چل کر حیرت انگیز طور پر کئی سمتوں میں منقسم ہو جاتی۔ وہ اس طرح مسلسل چلتا رہا لیکن جنگل کا سرا تھا کہ ملنے کو ہی نہیں دے رہا تھا اور آخر میں اس کو احساس ہوا کہ وہ بار بار گزرے ہوئے راستوں پر ہی جنگل میں گھوم رہا ہے۔ اسی لمحے اس کو دنیا اور چوہے دان کا خود اپنا تصور یاد آ گیا، یعنی بے وقوف بننے کی اس کی باری آ گئی تھی اور پُرفریب چارے کی لالچ میں وہ خود چوہے دان میں پھنس گیا ہے۔ یہ چوہے دان ایک مہیب جنگل ہے، جو گھنے درختوں کے خوفناک تنوں، شاخوں، جھاڑیوں اور زمین پر گرے ہوئے قوی ہیکل لٹھوں پر مشتمل ہے اور یہ جنگل نامی قید خانہ یا چوہے دان اپنے دروازے بند کر چکا ہے اور اس کے لیے اب اس میں سے راہ فرار کی کوئی بھی صورت نہیں۔

یہ دسمبر کے اواخر کے دن تھے، اس لیے تاریکی بھی کچھ تیزی سے جنگل کو گھیرے میں لے رہی تھی۔ اس کی وجہ سے اس آدمی کے دل میں خطرے کی گھنٹیاں بھی برق رفتاری سے بج رہی تھیں اور اس رفتار سے اس کی بے کلی اور مایوسی میں بھی اضافہ ہو رہا تھا۔ آخر میں تو اس کی امیدوں نے مطلقاً دم توڑ دیا اور وہ اپنی موت کے انتظار

میں زمین پر دراز ہو گیا لیکن جیسے ہی اس کے سر نے زمین کو چھوا تو اس کو ایک آواز سنائی دی۔ ایک قسم کی مسلسل گونج دار آواز۔ اس کو کوئی شبہ نہیں تھا کہ یہ کس چیز کی آواز ہے اور اس کو سن کر وہ اپنے ہوش وحواس میں آ گیا۔ ''یہ تو لوہا فیکٹری سے اٹھنے والی ہتھوڑے جیسی چیز کی آواز ہے۔'' اس نے سوچا۔ ''اس کا مطلب ہے کہ یہاں قریب ہی لوگ موجود ہیں۔'' یہ خیال آتے ہی وہ اپنی قوت کو مجتمع کر کے اٹھ کھڑا ہوا اور لڑکھڑاتے قدموں سے آواز کی سمت روانہ ہوا۔

'رامسجو آئرن ورکس' اب اپنا کاروبار سمیٹ چکا ہے، لیکن کچھ عرصے ہی پہلے یہاں اس کی فیکٹری کا بہت بڑا پلانٹ تھا، جس میں کچا لوہا پگھلانے کا رولنگ مل اور اس میں سلگتی بھٹی تھی۔ موسم گرما میں سامان سے لدی چپٹے پیندے کی بڑی اور چھوٹی بار بردار کشتیوں کی اس آبی گزرگاہ پر قطاریں لگی رہتی تھیں، جو زمینی جھیل کے لیے راستہ بناتی تھی۔ موسم سرما میں البتہ یہ حال ہوتا تھا کہ مل کے قریب کے تمام راستے کوئلے کی بڑی بھٹیوں سے اُڑنے والے کلونچ سے سیاہی میں ڈھک جاتے تھے۔

کرسمس سے کچھ ذرا ہی پہلے ایک لمبی ٹھنڈی شاموں میں سے ایک شام کو ماسٹر اسمتھ اور اس کا مددگار پگھلے ہوئے کچے لوہے کے نکلنے کے انتظار میں بھٹی کے پاس بیٹھے تھے۔ گاہے بگاہے دونوں میں سے ایک لوہے کے کرچھے کی مدد سے دہکتے ہوئے لوہے کی ڈھیریوں کو ہلاتا جلاتا اور پھر پسینے میں شرابور ہو کر واپس اپنی جگہ بیٹھ جاتا۔ یہاں کی روایت یہ تھی کہ اس خطرناک عمل میں بھی صرف ایک لمبی سی قمیص کے ساتھ لکڑی کے جوتے پہنو، جس پر دونوں عمل پیرا تھے۔ بھٹے سے ہر لمحے مخصوص آوازیں نکل رہی تھی۔ ادھر بوائلر بوائے بھی فرنیس کے پیٹ میں کوئلہ جھونکنے کے عمل سے کھٹر پٹر کی مسلسل آواز پیدا کر رہا تھا۔ یہ آواز بھی ماحول میں اپنی موجودگی کا زبردست احساس دلاتی۔ اس کے علاوہ باہر ایک آبشار سے پانی گرنے کا شور تھا۔ پھر شمالی ہوا کے جھونکے تھے، جو بارش کی بوندوں کو اینٹوں سے بنی چھت سے ٹکرا رہے تھے۔

شاید یہی زبردست قسم کا شور شرابا تھا جس کی وجہ سے لوہار استاد کو خبر ہی نہیں ہوئی کہ کوئی آدمی گیٹ کھول کر بھٹی کے احاطے میں داخل ہو کر فرنیس کے بالکل قریب آ کھڑا ہوا ہے۔ یہ کوئی نئی بات نہیں تھی کہ ٹھور ٹھکانے سے محروم، آوارہ گرد قسم کے لوگ رات گزارنے کی نیت سے یہاں آ نکلتے تھے، کیوں کہ یہاں روشنی کے علاوہ اس غضب کی سردی میں ان کے بدن کو گرم رکھنے کے لیے آگ کی تپش بھی مل جاتی تھی۔ چنانچہ لوہار استاد نے اس بن بلائے مہمان پر بھی سرسری سی اور بے توجہی کی نظر دوڑائی۔ اس لمبی داڑھی، میلے کچیلے، پھٹے پرانے لباس میں ملبوس اور اپنے سینے پر چوہے دان لٹکائے ہوئے شخص کے بارے میں اس کا اندازہ یہی تھا کہ وہ اسی قسم کے حلیے والے دوسرے مفلوک الحال لوگوں سے کسی طرح بھی الگ نہیں۔

بہرحال اس مفلس آدمی نے اس سے یہاں رات کو ٹھہرنے کی درخواست کی، جو لوہار استاد نے بڑے شاہانہ انداز میں بغیر ایک لفظ بولے صرف اشاروں میں ہی منظور کر لی۔ بھک منگے آدمی نے بھی اس کے بعد اس سے کوئی بات نہیں کی۔ ویسے بھی وہ یہاں کسی سے گفتگو کرنے تو نہیں، بلکہ جنگل کی بھول بھلیوں سے نکل کر اپنے

بدن کو گرم کرنے اور سونے آیا تھا۔

ان دنوں 'رامسجو آئرن مل' لوہے کے ایک بہت مشہور تاجر کی ملکیت میں تھا، جس کی زندگی کی سب سے بڑی تمنا یہ تھی کہ اعلیٰ سے اعلیٰ معیار کے لوہے کو باہر کی مارکیٹوں میں جہازوں کے ذریعے پھیلایا جائے۔ اس غرض سے وہ فیکٹری میں دن رات چکر لگاتا رہتا تھا، یہ دیکھنے کے لیے کہ یہاں لوہے کی ڈھلائی کا کام اس کے معیار کے حساب سے ہو رہا ہے یا نہیں۔ اتفاق سے وہ رات کے اس وقت بھی معائنے کو آ نکلا۔

قدرتی بات تھی کہ اس معائنے کے دوران اس کی پہلی نظر اسی لمبے قد کے آدمی پر پڑی، جو فرنیس کے اتنے قریب آ کھڑا ہوا تھا کہ اس کے بھیگے ہوئے پھٹے پرانے کپڑوں سے بھاپ نکل رہی تھی۔ لوہار استاد نے اجنبی آدمی کو ٹھہرنے کی اجازت دیتے وقت اس کا اچھی طرح جائزہ لینے کی زحمت بھی گوارہ نہیں کی تھی، لیکن فیکٹری مالک نے اس کے برعکس اس آدمی کو پہلے تو بڑے غور سے دیکھا۔ پھر اپنا شبہ دور کرنے کے لیے وہ اس کے انتہائی قریب ہو گیا، جہاں پہنچ کر اس نے اس آدمی کا چوڑا ہیٹ اتار دیا تا کہ اس کا چہرہ اور زیادہ صاف طریقے سے دیکھ سکے۔ پھر اس کے منہ سے چیخ نکلی: ''ارے یہ تو تم نلز اولوف ہو! اور تم نے یہ حلیہ کیا بنا رکھا ہے؟''

چوہے دان والے شخص نے رامسجو کے مقام پر اس آدمی کو زندگی میں کبھی نہیں دیکھا تھا اور نہ اس کے نام سے اس کو واقفیت تھی لیکن اس کے ذہن میں اچانک یہ خیال آیا کہ یہ آدمی اگر دھوکے میں اس کو اپنا کوئی پرانا واقف کار سمجھ رہا ہے تو یہ اس کے لیے فائدے کی بات ہی لگتی ہے، کیوں کہ اس طرح شاید اس کی طرف سے کچھ کرونز ہی مل جائیں۔ اسی لیے اس نے اس کو غلط فہمی میں ہی مبتلا رکھنے کا فیصلہ کر لیا۔

''درست ہے۔ میرا حلیہ خراب ہے۔ خدا جانے میرے حالات اتنے خراب کیوں ہو گئے ہیں۔'' اس نے اپنے اس فیصلے کے مطابق جواب دیا۔

''تمھیں اپنی رجمنٹ سے استعفیٰ نہیں دینا تھا۔'' فیکٹری مالک نے کہنا شروع کیا۔ ''یہ تمھاری غلطی تھی۔ اگر میں بھی بدستور سروس میں ہوتا تو تمھیں ایسا نہیں کرنے دیتا۔ بہر حال اب تمھیں میرے ساتھ میرے گھر چلنا پڑے گا۔''

فیکٹری مالک کے ساتھ اس کے ممکنہ عالیشان محل میں داخل ہونا اور اس کی رجمنٹ کے پرانے فرضی ساتھی کی حیثیت میں اس کی مہمان نوازی کے مزے لینا کچھ ایسی بات تھی جو آوارہ گرد آدمی کے دل کو نہیں لگ رہی تھی۔ اس لیے وہ بولا: ''معاف کیجیے صاحب! اس وقت میرا یہاں سے جانے کو دل نہیں چاہ رہا ہے۔''

بھک منگا آدمی دراصل یہ بھی سوچ رہا تھا کہ اس کے پاس چرائے تیس کرونز رکھے ہیں اور ان کے ساتھ فیکٹری مالک کے محل نما مکان میں جانے کا مطلب یہ بھی ہو سکتا ہے کہ آپ خود ہی شیر کے غار میں داخل ہو رہے ہیں۔ اس کا ارادہ تو یہی تھا کہ اس بھٹی کے قریب رات گزارے اور پھر چپ چاپ یہاں سے صبح ہی صبح رخصت ہو لے، لیکن فیکٹری مالک کو گمان ہو رہا تھا کہ اس کا رجمنٹ کا ساتھی اپنے پرانے پھٹے پرانے کپڑوں اور وحشت ناک حلیے کی وجہ سے اس کے مکان میں جانے سے شرما رہا ہے۔ اسی لیے اس کو تسلی دے کر آمادہ کرنے کی

کوشش کی۔

''مہربانی کر کے اپنے دل سے یہ خیال نکال دو کہ میرا مکان کوئی اتنا عالیشان ہے کہ تم کو اس میں داخل ہونے میں جھجک محسوس ہو۔تم نے سن ہی لیا ہوگا کہ میری بیوی ایلز بتھ کا انتقال ہو چکا ہے۔میرے لڑکے باہر ملکوں میں گئے ہوئے ہیں اور اس وقت میرے علاوہ صرف میری سب سے بڑی لڑکی رہتی ہے۔ہم دونوں ابھی کچھ دیر پہلے ہی ذکر کر رہے تھے کہ کرسمس آ گیا ہے لیکن کتنی بد قسمتی کی بات ہے کہ اس کو بہتر طور پر منانے کے لیے ہمارے ساتھ کوئی تیسرا شخص بھی نہیں۔اس لیے میرے دوست میرے ساتھ میرے گھر چلو اور کرسمس کے لیے جو ہم نے بہت سے کھانے وغیرہ تیار کیے ہیں، ان کو تیزی سے اپنے شکم میں اتارنے میں ہماری مدد کرو۔''

لیکن اجنبی آدمی کا جواب صرف نہیں اور نہیں تھا، چنانچہ تھک ہار کر فیکٹری مالک نے لوہار استاد کو مخاطب ہو کر کہا: ''ایسا لگتا ہے کہ میرے دوست کیپٹن وان اسٹاہلے نے تمھارے ساتھ یہیں ٹھہرنے کا تہیہ کر لیا ہے۔اس لیے اس کا مناسب طور پر خیال رکھنا۔'' یہ کہہ کر وہ بظاہر بوجھل قدموں سے فیکٹری سے رخصت ہو گیا۔

لیکن جاتے وقت وہ دل ہی دل میں ہنس رہا تھا اور یہ بات صرف لوہار استاد ہی جانتا تھا کہ اس کے مالک کے یہ الفاظ آخری نہیں ہو سکتے ہیں، کیوں کہ وہ ضد پر آتا ہے تو اس کو پورا کر کے ہی چھوڑتا ہے۔چنانچہ ایسا ہی ہوا۔ابھی مشکل سے آدھا گھنٹہ ہی ہوا تھا کہ کام کرنے والوں نے بھٹی کے باہر ایک بگھی کے پہیوں کی آواز سنی اور اس میں سے نمودار ہونے والا فیکٹری مالک نہیں تھا بلکہ اس نے اپنی بیٹی کو یہاں بھیجا تھا۔اس خیال سے کہ شاید وہ مہمان کو اس سے بھی زیادہ مؤثر انداز میں قائل کر کے ان کے گھر لانے میں کامیاب ہو جائے۔

وہ لڑکی جب ان کی طرف بڑھی تو اس کے پیچھے پیچھے اس کا نوکر بھی تھا۔جو اپنے بازوؤں میں ایک قیمتی فرکوٹ تھامے ہوئے تھا۔یہ کوئی خوبصورت لڑکی نہیں تھی لیکن نہایت منکسر المزاج اور شرمیلی لگتی تھی۔بھٹی کے ماحول کا جہاں تک تعلق تھا، وہ شام جیسا ہی تھا، لوہار استاد اور اس کا شاگرد دونوں اپنی بنچوں پر بیٹھے تھے اور فرنیس میں لوہا اور کوئلہ سلگ رہا تھا۔اجنبی آدمی اپنے سرہانے کچے لوہے کا ایک ٹکڑا رکھے اور اپنی آنکھوں پر ہیٹ گرائے ہوئے فرش پر دراز تھا، لڑکی کی نظریں جیسے ہی اس پر پڑیں تو اس نے آگے بڑھ کر اس کا ہیٹ اٹھا لیا۔ایسا لگتا تھا کہ آدمی ایک آنکھ کھلی رکھ کر سونے کا عادی تھا۔اسی لیے وہ خوفزدگی کے عالم میں اچانک کھڑا ہو گیا۔

''میرا نام ایڈلا ولمپنن ہے۔'' نوجوان لڑکی نے اپنا تعارف کرایا۔''میرے والد نے گھر آ کے بتایا کہ آپ ان کی کمپنی کے پرانے ساتھی ہیں، لیکن باوجود ان کی درخواست کے یہاں رات بسر کرنے پر مصر ہیں۔میں نے ان سے اجازت لی کہ میں بھی آپ کو ہمارے گھر لے جانے کی کوشش کر لوں، اسی لیے آپ سے درخواست ہے کہ میرے ساتھ ہمارے غریب خانے چلیں۔ویسے کیپٹن مجھے افسوس ہے کہ آپ ان دنوں شدید مصائب سے گزر رہے ہیں۔''

لڑکی نے یہ کہتے ہوئے اس کی طرف بڑی گہری لیکن رحم لانہ جذبات میں ڈوبی ہوئی نظروں سے دیکھا۔اس کو محسوس ہوا کہ اجنبی کچھ سہما ہوا ہے۔یہ دیکھ کر اس نے اندازہ لگایا کہ یا تو اس آدمی نے کوئی چوری کی

واردات کی ہے یا پھر جیل سے بھاگ نکلا ہے۔ اس لیے اس نے اطمینان دلانے کی نیت سے کہا: ''کیپٹن ہم آپ کو یقین دلاتے ہیں کہ جس طرح آپ آزادی سے یہاں آئے ہیں، اسی طرح اپنی مرضی سے آپ کو کسی وقت بھی اور کہیں بھی جانے کی آزادی ہوگی۔ بس آپ سے گزارش ہے کہ صرف کرسمس کی رات تک ہمارے درمیان رہیں۔''

لڑکی نے یہ الفاظ کچھ ایسے دوستانہ انداز میں کہے کہ جوتے چٹخا کر چوہے دان بیچنے والے کے لیے اس پر بھروسہ کرنے سوا کوئی چارہ نہیں رہا۔

''میں نے سوچا بھی نہ تھا کہ تم بذاتِ خود میری خاطر یہاں آنے کی زحمت کرو گی۔ چلو مجھے تمھارے ساتھ اسی وقت چلنا منظور ہے۔''

یہ سن کر لڑکی نے اپنے نوکر کی طرف اشارہ کیا، جس نے آگے بڑھ کر اپنے ساتھ لایا ہوا فرکوٹ مؤدبانہ طور پر جھک کر اجنبی آدمی کو پیش کیا، جس کو اس نے اب بغیر کسی ہچکچاہٹ کے اپنے بوسیدہ لباس پر ڈال لیا۔

اس کے بعد بھک منگے آدمی نے لڑکی کے پیچھے پیچھے بگھی کی طرف چلنا شروع کیا۔ اس شاہانہ انداز میں کہ متحیر لوہاروں کی طرف بھی مڑ کر ایک اچٹتی نظر نہیں ڈالی۔

لیکن جب وہ فیکٹری مالک کے محل کی جانب بگھی میں بیٹھا جا رہا تھا تو اس کو مستقبل کے بڑے ہولناک اندیشوں نے گھیر لیا تھا۔

''شیطان پر لعنت ہو۔ میں نے اس کے بہکاوے میں آ کر اس شخص کی رقم چرا لی۔ اس کی وجہ سے میں ایک پھندے میں پھنس چکا ہوں، جس سے شاید میں کبھی بھی نہیں نکل سکوں گا۔'' وہ سوچ رہا تھا۔

کرسمس سے ایک روز پہلے صبح جب فیکٹری مالک ناشتے پر آیا تو اس کے ذہن میں اپنے اس پرانے ساتھی کی آسائش و آرام کا خیال بسا ہوا تھا، جو قدرت کی مہربانی سے اس کو اتفاقاً مل گیا تھا۔ چنانچہ اس نے میز پر مصروف اپنی لڑکی سے کہنا شروع کیا۔

''سب سے پہلے تو ہمیں چاہیے کہ اس کے ہڈیوں کے پنجر پر کچھ بوٹی چڑھانے کا بندوبست کریں۔ پھر قصبے بھر میں گھوم کر چوہے دان بیچنے کے عذاب سے اس کو نجات دلانے کی غرض سے اس کے لیے کسی کام کا انتظام کریں۔''

''یہ بڑی حیرت کی بات ہے کہ اس آدمی کے حالات اس درجہ بھی خراب ہو سکتے ہیں۔ پچھلی رات کو جب میں نے پہلی بار اس کو دیکھا تو میرے لیے یہ یقین کرنا مشکل تھا کہ کبھی یہ تعلیم یافتہ شخص بھی رہا ہوگا بلکہ مجھے تو اب بھی اس سلسلے میں یقین نہیں آ رہا۔'' لڑکی کے لہجے میں گومگو کی کیفیت شامل تھی۔

''میری ننھی لڑکی! ذرا کچھ تامل کرو۔'' باپ نے اس کو سمجھانے کی کوشش کی۔ ''جیسے ہی وہ نہا دھو کر اُجلے کپڑے پہنے گا تو تمھیں وہ ایک بالکل مختلف آدمی نظر آئے گا۔ پچھلی رات البتہ وہ فطری طور پر کچھ احساسِ ندامت میں گھرا ہوا تھا۔ یقین جانو کہ اس کے کسی بھکاری کے انداز بھی اس کے لباس کی تبدیلی کے ساتھ یکسر بدل جائیں

گے۔

اس کے منھ سے یہ الفاظ نکلے ہی تھے کہ اجنبی آدمی کمرے میں داخل ہوا۔ جی ہاں۔ وہ صاف ستھرے حلیے میں بہترین لباس پہن کر کے آیا تھا۔ نوکر نے اس کو نہلایا دھلایا تھا اور اس کے بالوں کا عرصے کا جمع شدہ میل بھی نکالا تھا۔ جہاں تک اس کے اس لباس کا تعلق ہے تو وہ فیکٹری مالک کا اپنا ایک بہترین سوٹ تھا۔ کلف دار کالروں والی سفید براق قمیص اور آئینے کی طرح چمکدار جوتے بھی اس کے تھے۔

مہمان تو اب حلیے میں سج دھج گیا تھا لیکن لوہا فیکٹری مالک کے چہرے کی خوشی اب کافور ہوگئی تھی۔ وہ اپنے مہمان کو اس وقت اس طرح دیکھ رہا تھا کہ اس کے ماتھے پر بل پڑے ہوئے تھے اور صاف ظاہر تھا کہ جب رات کو اس نے فرنیس کی روشنی کے جھلملاتے غیر یقینی عکس میں اس کو دیکھا تھا تو اس نے اس شخص کو رات کو پہچاننے میں بھیانک غلطی کی تھی، کیوں کہ اس وقت وہ کسی زاویے سے بھی اس کا دیرینہ دوست نہیں لگتا تھا۔

''اس دھوکے بازی کا کیا مقصد ہے؟'' فیکٹری مالک گرجا۔

اجنبی آدمی نے جواب میں اصلیت چھپانے یا بات بنانے کی کوشش نہیں کی، کیوں کہ حقیقت اس کے سامنے تھی کہ شاندار موج میلہ جو اس کے لیے سجایا گیا تھا، اب چند لمحوں میں ختم ہونے کو ہے۔

جناب میرا اس میں کوئی قصور نہیں۔ میں نے تو اپنی غریب تاجر کی حیثیت چھپانے کی بالکل کوشش نہیں کی تھی۔ اسی لیے میں درخواست بلکہ منت کر کے آپ کی بھٹی کے پاس رات گزارنا چاہتا تھا۔ لیکن اب بھی آپ کا نقصان تو نہیں ہوا ہے۔ آپ کو کسی مزید مشکل میں ڈالنے کی بجائے میں تیار ہوں کہ اپنے پھٹے پرانے کپڑے واپس پہنوں اور یہاں سے رخصت ہو جاؤں۔''

فیکٹری مالک یہ سن کر کچھ تذبذب میں پڑ گیا۔ پھر کہنے لگا۔ ''مجھ سے تمھاری شناخت میں غلطی ہوگئی تھی لیکن تم نے بھی تو اپنی اصلیت کے بارے میں کچھ نہیں بتایا تھا اور خاموش رہے تھے۔ میں اس سلسلے میں پولیس شیرف کو بھی بلا سکتا ہوں، جو تمھاری اصلیت کے بارے میں تحقیقات کر سکتا ہے۔''

یہ سن کر بھکاری آدمی نے ایک قدم آگے بڑھ کر میز پر زوردار طریقے سے مٹھی مارتے ہوئے کہنا شروع کیا؛ ''سنیے فیکٹری مالک صاحب! اب میں جو حقیقت آپ کو بتانے جارہا ہوں اور حقیقت یہ ہے کہ پوری دنیا ایک بہت بڑا چوہے دان ہے۔ آپ کو جتنی اچھی اور لبھانے والی چیزیں یہاں ملتی ہیں۔ وہ دراصل خنزیر کے گوشت کے چھیچھڑوں یا اس کے گوشت سے تیار شدہ پنیر کے ٹکڑے ہوتے ہیں جن کو کسی آدمی کے لیے چارے کے طور پر استعمال کیا جاتا ہے اور وہ بے چارہ اس چارے کے لالچ میں آکر چوہے دان میں ہمیشہ کے لیے بند ہو جاتا ہے اور اگر شیرف آتا ہے اور مجھے گرفتار کرتا ہے تو یاد رکھیے مالک صاحب کہ ایک دن آپ کے لیے بھی ایسا آسکتا ہے کہ کسی خنزیر کے بڑے ٹکڑے کے فریب میں آکر آپ بھی چوہے دان کی قید میں چلے جائیں۔''

فیکٹری مالک نے یہ سن کر پُرزور قہقہہ لگایا۔ ''بات تو تم بہت پتے کی کہہ رہے ہو اور اس کرسمس کے موقعے پر میں پولیس شیرف کو بھی بلانا مناسب نہیں سمجھ رہا ہوں لیکن اب تمھارے لیے بھی یہی بہتر ہے کہ یہاں

سے فوری طور پر رفو چکر ہو جاؤ۔''

لیکن جیسے ہی اجنبی آدمی باہر جانے کے دروازہ کھول رہا تھا، اسی وقت لڑکی جوان دونوں کی باتیں سن رہی تھی۔ بولی؛ ''کم از کم آج کے دن میری خواہش ہے کہ یہ آدمی ہمارے ہاں ٹھہرے اور کہیں دوسری جگہ ٹھوکریں نہ کھائے۔'' یہ کہہ کر لڑکی نے اٹھ کر دروازہ پھر بند کر دیا۔

''ارے تم یہ کیا کر رہی ہو؟'' باپ نے حیرت سے اس کو گھورا۔

لڑکی اپنی جگہ پریشان پریشان سی کھڑی رہ گئی تھی۔ اس کی سمجھ میں نہیں آ رہا تھا کہ اپنے باپ کو کیا جواب دے۔ دراصل صبح ہی صبح اس کو دل میں کتنی خوشی ہوئی تھی کہ آج کرسمس کی شام کے لیے اس کو برسوں بعد بہترین کھانوں کی تیاری کا موقع ملے گا اور اس سے زیادہ مسرت کی بات کیا ہو سکتی ہے کہ اس کے ان بنائے ہوئے لذیذ کھانوں سے ایک نادار و مفلس آدمی بھی لطف اندوز ہو گا جس نے شاید عرصے سے ایسے کھانوں کی خوشبو تک نہ سونگھی ہو گی۔ اس کے یہی دردمندانہ خیالات تھے جن کی وجہ سے اسے غریب ولاچار آدمی کی مدافعت میں باپ کے سامنے کھڑے ہونے کی ہمت ہوئی تھی۔

''میں اس اجنبی آدمی کے بارے میں سوچ رہی ہوں۔'' نوجوان لڑکی نے اپنے غیر متزلزل لہجے میں کہنا شروع کیا۔ ''یہ پورے سال مسلسل گھومتا پھرتا ہے اور ملک کے کسی کونے کھدرے میں بھی اس کو کوئی خوشی سے پناہ دینے اور اس کے کھانے پینے کا انتظام کرنے اور اس کو سکون پہنچانے کو تیار نہیں۔ یہ جہاں بھی جاتا ہے، اس کو بھگا دیا جاتا ہے۔ ہر وقت اس کو اپنی تفتیش اور گرفتاری کا خوف رہتا ہے۔ میری خواہش ہے کہ ہمارے درمیان رہ کر اس کو کم اس کم ایک دن تو راحت کا ملے۔ پورے سال میں صرف ایک دن۔''

فیکٹری مالک جواب میں کچھ اپنی داڑھی تک محدود آواز میں منمنا رہا تھا۔ دراصل اس کو اب اپنی بیٹی کی خواہش کو رد کرنے کی ہمت نہیں ہو رہی تھی۔

''ظاہر ہے کہ ہم سے نادانستگی میں ایک غلطی ہو گئی ہے لیکن اس کا مطلب یہ نہیں کہ ہم ایسے انسان کو یہاں سے دھتکار کر چلے جانے کو کہیں جس کو ہم خود ہی کرسمس کے مزے لینے کے لیے زبردستی گھر میں لے آئے ہیں۔'' لڑکی کا بیان جاری تھا۔

''تم کسی مبلغ سے بھی زیادہ خراب اخلاقی درس دے رہی ہو۔ میری بس دعا ہے کہ تمھیں اس نیک عمل کے نتیجے میں پچھتانا نہ پڑ جائے۔'' باپ نے چڑ کر جواب دیا۔

بہرحال لڑکی نے اجنبی کا ہاتھ تھاما اور اس کو کھانے کی میز کی طرف لے گئی۔

''اب بیٹھ جاؤ اور اطمینان سے ہر چیز کے مزے اُڑاؤ۔'' لڑکی نے یہ دیکھ کر کہ اس کے باپ نے ہتھیار ڈال دیے ہیں، اجنبی کو بڑے اعتماد سے کھانے کی دعوت دی۔

چوہے دان والے آدمی نے جواب میں ایک لفظ بھی نہیں کہا بلکہ وہ کھانے میں جُٹ گیا۔ وقتاً فوقتاً وہ لڑکی کو گھورتا جاتا اور سوچتا جاتا کہ اس لڑکی نے اس کے ساتھ اس طرح ہمدردی کا مظاہرہ کیوں کیا ہے؟ اس کی

ہمدردی کا اصلی مقصد کیا ہو سکتا ہے؟

اس کے بعد کرسمس سے پہلے کی رات معمول کی طرح بالکل خوشگوار طریقے سے گزر گئی۔ اجنبی آدمی نے کسی قسم کی بھی مصیبت کھڑی نہیں کی بلکہ وہ آرام سے سوتا رہا۔ کرسمس کے دن وہ دوپہر تک مہمانوں کے ایک کمرے کے صوفے پر مستقل ایک انداز میں ہی دراز ہو کر نیند کے مزے لیتا رہا۔ سہ پہر بہر حال اس کو بیدار کیا گیا تاکہ وہ کرسمس سے پہلے کی رات کے بعد عین کرسمس کے دن کھانوں کی لذت سے بھی محروم نہ رہ سکے لیکن اس وقت بھی وہ کھانے کے فوراً بعد نیند کی وادی میں لڑھک گیا۔ ایسا لگتا تھا کہ برسوں سے اس کو اس طرح سکون اور بے خوفی سے کہیں بھی سونے کا موقع نہیں ملا تھا۔ پھر رات آگئی اور کرسمس ٹری کو روشن کرتے وقت اس اجنبی کو اٹھایا گیا۔ وہ ڈرائنگ روم میں آ کر کھڑا ہو گیا، اس طرح کہ اس کی آنکھیں موم بتیوں میں چمچمارہی تھیں۔ کچھ دیر وہ اسی طرح کھڑا رہا لیکن اس کے بعد اس کا رخ پھر سونے کی جگہ کی طرف ہو گیا۔ دو گھنٹے بعد اس کو پھر زبردستی جگایا گیا اور اب کے اس کی باری کھانے کے کمرے میں جانے کی تھی۔ یہاں اس نے کرسمس کی خصوصی مچھلی اور دلیے سے اپنا پیٹ بھرا۔

کھانے کے بعد جیسے ہی لوگ میز چھوڑ کر کھڑے ہوئے تو اس نے فرداً فرداً ہر ایک کا شکریہ ادا کیا اور ان کو شب بخیر کہا لیکن اس دوران جب وہ نوجوان لڑکی کے پاس پہنچا تو اس نے اس کو بتایا کہ اس کے والد نے یہ سوٹ جو وہ پہنے ہوئے ہے، اس کو کرسمس کے تحفے کے طور پر عطا کر دیا ہے اور اس کو یہ سوٹ انھیں واپس کرنے کی ضرورت نہیں۔ لڑکی نے اس کو یہ بھی دعوت دی کہ اگلے سال کرسمس کی رات بھی جب اس کے پاس کہیں جگہ نہ ہو وہ پھر یہاں آ کر ان کے ساتھ ان کی خوشیوں میں شریک ہو جائے۔

اجنبی چوہے دان بیچنے والے آدمی نے اس پیشکش کو کوئی جواب نہیں دیا بلکہ انتہائی حیرت سے لڑکی کو تکتا رہا۔

دوسری دن صبح ہی صبح لوہا فیکٹری کا مالک اور اس کی بیٹی چرچ میں ہونے والی سروس میں شرکت کے لیے جلد بیدار ہو گئے۔ اس کا مہمان اب تک سویا ہوا تھا اور انھوں نے اس کو خواہ مخواہ اٹھا کر پریشان کرنا مناسب نہیں سمجھا۔ جب دونوں دس بجے کے قریب چرچ سے گھر واپس آ رہے تھے تو نوجوان لڑکی اپنا سر جھکائے غم اور مایوسی کی تصویر بنی بگھی کی نشست پر بیٹھی تھی۔ وجہ اس کی یہ تھی کہ چرچ میں ان کو اطلاع ملی تھی کہ ایک بوڑھے ٹھیکے پر کام کرنے والے چھوٹے کاشت کار کی جمع شدہ پونجی کو ایک شخص نے لوٹ لیا تھا، جو محلے محلے سڑکوں سڑکوں چوہے دان فروخت کرتا پھرتا تھا اور بد قسمتی سے لٹنے والا شخص ماضی میں خود ان لوگوں کی فیکٹری کی زمینوں پر کام کرتا رہا تھا۔

''جی ہاں۔ لوٹنے والے یہ وہی نیک شریف بزرگ ہیں جن کی تم نے اپنے گھر میں ٹھہرا کر بڑی آؤ بھگت کی ہے۔ مجھے فکر ہو گئی ہے کہ ہماری برتن کی الماری سے کہیں ڈھیر سارے چاندی کے چمچے نہ غائب ہو گئے ہوں۔'' لڑکی کے باپ کا لہجہ طنز کے زہر میں گھلا ہوا تھا۔

ویگن گھر کے دروازے پر بمشکل رکی ہی تھی کہ لوہا فیکٹری کے مالک نے اپنے نوکر سے دریافت کیا کہ کیا وہ اجنبی آدمی اب تک گھر میں موجود ہے؟ اس نے نوکر کو یہ بھی جلدی میں بتایا کہ چرچ میں ان کو اطلاع ملی ہے کہ یہ آدمی چور ہے۔ نوکر نے جواب میں کہا کہ اجنبی آدمی گھر سے تو چلا گیا ہے لیکن وہ یقین دلاتا ہے کہ وہ گھر کی کوئی بھی چیز اڑا کر نہیں لے گیا ہے۔ اس کے برعکس وہ ایک چھوٹا سا پیکٹ بھی یہاں چھوڑ گیا ہے۔

لڑکی نے فوراً اس پیکٹ کو کھولا جو اس بے تکے انداز میں بند کیا گیا تھا کہ ہاتھ چھوتے ہی اس کے اندر کی تمام چیزیں سب کی نظروں کے سامنے فوراً نکل پڑیں۔ لڑکی کے منہ سے خوشی کی ایک زبردست چیخ بلند ہوگئی، کیوں کہ ان کے تحفے میں دیے ہوئے کپڑوں کے علاوہ اس کو اس پیکٹ میں ایک چھوٹا سا چوہے دان بھی نظر آیا جس کے اندر تین مڑے تڑے دس کرونز کے نوٹ پھنسے ہوئے تھے لیکن چوہے دان میں اس کے علاوہ ایک خط بھی پھنسا ہوا تھا۔ اس میں آڑے ترچھے حروف میں عبارت لکھی ہوئی تھی۔ جس کا مفہوم یہ تھا:

''بہت ہی قابل احترام اور عالی وقار محترمہ! آپ تمام وقت میرے ساتھ اس قدر محبت اور عزت سے پیش آتی رہیں گویا میں واقعی کوئی فوجی کیپٹن ہوں۔ اس کے جواب میں میرا دل چاہ رہا ہے کہ میں اس طرح کا طرز عمل آپ کے ساتھ اختیار کروں جس طرح کسی اصلی کیپٹن سے امید کی جاسکتی ہے۔ چنانچہ میرا فیصلہ ہے کہ میں اپنے اصلی روپ یعنی چور کی شکل میں کوئی ایسی حرکت نہ کروں جس سے آپ کو پشیمانی ہو۔ چنانچہ چوہے دان کے اندر میں نے اس سڑک کے کنارے رہنے والے بوڑھے آدمی کی وہ لوٹی ہوئی رقم بھی آپ کے ہاتھ سے اس کو لوٹانے کو رکھ دی ہے، جو اس نے کھڑکی کے فریم پہ لٹکی ہوئی پوٹلی میں رکھی ہوئی تھی اور جو مجھ جیسے غریب، سڑک ناپنے والے کو لالچ میں مبتلا کرنے کے لیے بہترین چارے کا کام کر رہی تھی۔

''یہ جو چوہے دان ہے، وہ ایک چوہے کی طرف سے آپ کے لیے کرسمس کا تحفہ ہے، جس کو اگر آپ کیپٹن کا درجہ دیتیں تو شاید دنیا کے چوہے دان میں کبھی نہ کبھی پھنس ہی جاتا۔ آپ نے میرا درجہ بلند کر کے مجھے اس چوہے دان سے خود کو ہمیشہ بچائے رکھنے کی ہمت عطا کی ہے جس کے لیے میں آپ کا شکر گزار رہوں۔

''مخلصانہ اور دوستانہ جذبات کے ساتھ میں آپ کو دل کی گہرائیوں سے تعظیم و تکریم کا ہدیہ پیش کرتا ہوں۔''

طلسم شب

کریستمان گوٗمونڈسن (آئس لینڈ)

ترجمہ: ہما نصر

نظرثانی: نصر ملک

کریستمان گوٗمونڈسن (۲۳ اکتوبر ۱۹۰۱ء ۔ ۲۰ نومبر ۱۹۸۳ء) ناول نگار تھیں جن کی شناخت رومانٹک فکشن تھی۔ وہ تیرہ سال کی عمر میں اپنے گھر سے فرار ہوگئی تھیں اور ناروے میں مقیم رہیں۔ کرستمان پہلے صحافت کی طرف راغب ہوئیں، بعد میں وہ ادب کی جانب رجوع ہوئیں۔ ان کی کم وبیش تیس کتابیں ہیں جن میں سے بیشتر نارویجین زبان میں ہیں۔

میں ایک ہچکولے لیتی لکڑی کی چھوٹی سے گھاٹ پر کھڑا تھا۔ میرے ہاتھ میں میرا صندوق تھا اور میں اسٹیمر کو ساحل سے سمندر میں روانہ ہوتے دیکھ رہا تھا۔ میں ابھی تک یہ اندازہ لگا رہا تھا کہ میں اس دور دراز جگہ پر کیوں اترا ہوں۔ اصل میں تو مجھے یہاں بالکل اترنا ہی نہیں چاہیے تھا۔ مجھے تو صرف ایک عجیب وغریب خواب کے وجہ سے ایسا کرنے کا خیال آیا تھا۔

میں نے خود کو ایک خاموش ساحل پر ایک چھوٹے سے گاؤں میں پایا۔ چھوٹے چھوٹے مکانات کے چھت نالی دار لوہے سے ڈھکے ہوئے تھے۔ گلی سے تھوڑی دور عجیب وغریب پتھروں کا ڈھیر لگا ہوا تھا۔ پہاڑ کے پیروں میں لاوا کے کھنگر پڑے تھے اور باہر کھاری سے سمندر دکھائی دیتا تھا جو آج بہت ہی شانت اور نیلا تھا۔ یہ ایک بہت ہی عجیب جگہ تھی، بالکل یوں جیسے کوئی کفن میں لپٹا ہوا ہو۔ میرے ذہن میں خیال آیا کہ خدا نے اسے اصلی دنیا سے الگ کرکے یہاں ایک طرف رکھ دیا ہے تاکہ یہ گندی نہ ہو۔ اور بہت پہلے سے جو نام اسے دیا گیا ہے وہ تو کبھی فراموش یا نظرانداز کیا جا ہی نہیں سکتا تھا۔ 'نیلا جنگل ساحل سمندر'۔

ساحل پر چلتے ہوئے یقیناً اس نام کو میری سوچ میں بہت دخل تھا۔ میں اس جگہ سے اپنے بچپن میں گزر چکا تھا۔ میں کچھ دیر کے لیے ٹھہرا تھا اور تب سے میں اِس رسیلی نام کو نہیں بھولا تھا۔ یہ ایک شاعرانہ نام تھا۔ تب سے مجھے یہ احساس رہا ہے کہ کوئی ہے جو وہاں لاوا کے کھنگروں میں میرا انتظار کر رہا ہے۔ میں جب کبھی تھکا ہوتا تو یہ خیال ایک خواب کی طرح مجھے گھیر لیتا، موسم گرما کی رات کی نیلی نمدار غبار بڑے ملائم انداز سے ساحل کو گلے لگاتی اور جب میں اپنی آنکھیں بند کرتا تو میں اس نمدار غبار کی معطر تاثر کو اپنی سانسوں میں محسوس کرتا اور کھلے ہوئے پھول تاج مقدس دکھائی دیتے اور وہ جو میرا انتظار کرتی تھی اس نمدار ساحلی غبار میں سے نکل کر اپنی، کھلی چمکتی پیشانی پر لمبے سیاہ بال لہراتی میری طرف آتی۔

اب میں یہاں گھاٹ پر کھڑا تھا۔ ایک سیانا، حقیقی تجربہ کار آدمی، لیکن اپنے ذہن میں اسی خواب کی موجودگی کو محسوس کرتے ہوئے۔ مجھے اچانک احساس ہوا اور میں نے یقین کر لیا کہ وہ ابھی تک میری منتظر ہے۔

اپنی جوانی میں موسم خزاں کی ایک شام میں یہاں آیا تھا۔ تب پہلی چاندنی میں ہر شے عجیب سبز رنگی دکھائی دیتی تھی۔ ہم یہاں چند گھنٹے ہی ٹھہرے تھے لیکن میرے حافظے میں یہ جگہ، اس کا منظر اور برقی درخشندگی ہمیشہ کے لیے کندہ ہوگئی تھی۔

'نیلا جنگل ساحل سمندر' نام ایک نظم کی مانند تھا۔ غم واندوہ کو فراموشی میں بدلتی ہوئی ایک نظم۔

میں اب یہاں دوبارہ آچکا تھا اور میری کشتی جا چکی تھی۔ شام ہو چکی تھی اور اب مجھے اگلی صبح تک یہیں ٹھہرنا تھا۔ کیا یہاں گاؤں میں کوئی سرائے ہوگی؟ میرے ذہن میں سوال آیا۔ میں گھاٹ کے قریب کھڑے کچھ لوگوں کے پاس جانے کے لیے مڑا تا کہ ان سے ہی پوچھ لوں۔

''کوئی سرائے؟'' ان سے ایک بڑی حیرانی سے بولا۔ ''ہاں اس طرح کی کبھی کوئی شے ہوا کرتی تھی جسے ہانسن آف ڈنمارک چلایا کرتا تھا اور جس نے اِس میں عجیب وغریب تبدیلیاں کر دیں تھیں۔ اب تو ایک مدت ہوئی وہ چلا گیا ہوا ہے، لیکن فارم ہاؤس پر رہنے والی بوڑھی تھور بیؤرگ ہی اب یہاں سیاحوں وغیرہ کے لیے انتظام کرتی اور اُن کے کھانے پینے کے لیے بندوبست کرتی ہے۔ وہ کچھ زیادہ پیسے نہیں لیتی اور وہ ایک اچھی باروچی بھی ہے۔

''لیکن کیا تم پہلے کبھی یہاں نہیں آئے؟'' شاید وہ مجھ سے جاننا چاہتے تھے۔ ''شاید تم اس آدمی کے بھائی ہو جس نے ایک موسم گرما یہاں گزارا تھا؟''

میں نے نفی میں اپنا سر ہلایا اور انھوں نے پھر مجھ سے مزید کچھ نہ پوچھا، لیکن میں نے محسوس کیا کہ وہ مجھے بڑی عجیب نظروں سے دیکھ رہے تھے۔ ایک چھوٹے سے وقفے کے بعد، ان میں سے ایک بوڑھا بولا، ''سنو! تم ہلگی، میرے بچے، اس کا صندوق اٹھاؤ اور اِس آدمی کو بوڑھی تھور بیؤرگ کے پاس لے جاؤ۔''

ہلگی اور میں گاؤں کی گلیوں سے گزرتے ہوئے جلد ہی ایک خوبصورت فارم ہاؤس پر پہنچ گئے جو لاوا کے کھنگروں کے بہت بڑے ڈھیر کے قریب ہی تھا۔ میں نے دروازے پر دستک دی تو ایک بوڑھی عورت باہر نکلی۔ اس نے میرے ساتھ مصافحہ کرتے ہوئے مجھے خوش آمدید کہا اور اندر آجانے کو کہا۔ میں نے محسوس کیا کہ وہ

مجھے بڑی حیرانی سے دیکھ رہی تھی۔ یہ ایک عجیب سا احساس تھا۔ میں شاید خواب میں تھا۔ میرے اِردگرد ہر شے جانی پہچانی لگ رہی تھی بالکل یوں جیسے کہ میں چند سال کے لیے کہیں باہر گیا ہوا تھا اور اب واپس گھر آ گیا ہوں۔ میں نے بوڑھی عورت کو پہچان لیا۔ چھت پر بیل بوٹے اور پھول جانے پہچانے لگے۔ اور جلی ہوئی لکڑیوں کی دھیمی خوشبو۔ یہ سب کچھ بہت ہی خوشگوار اور میرے حافظے میں ابھی تک تر و تازہ تھا۔ میں اس گاؤں 'نیلا جنگل ساحل سمندر' میں پہلے کبھی نہیں آیا تھا، صرف ایک بار، بہت پہلے جب میں یہاں ایک بحری جہاز پر آیا تھا اور وہ بھی زیادہ سے زیادہ ایک گھنٹے کے لیے رکا تھا۔

مجھے خیال آیا کہ شاید مجھے یہاں کئی سال پہلے آنا چاہیے تھا۔ شاید یہیں میری خوش قسمتی تھی؟

ہم اندر کھڑے تھے۔ ڈرائنگ روم اور سونے کے کمرے میں روغن نہیں کیا گیا تھا اور شہتیر و فرش کی لکڑی وقت کے ساتھ بھوری ہو چکی تھی۔ کھڑکی کے پاس کونے میں ایک میز رکھی تھی اور ترچھے چھت کے نیچے ایک بستر بچھا ہوا تھا۔ یہاں فرش پر کچھ جھاڑ و دیا ہوا لگتا تھا۔ یہاں امن و استحکام کی حکمرانی تھی۔

بوڑھی تھور بیؤرگ میرے لیے کھانا لے کر آئی۔ وہ اپنے شائستہ پنے کا اظہار کرنے پر کافی زیادہ بولتی رہی لیکن اسے افسوس تھا کہ دارالحکومت سے آنے والے اشرافیہ کی خدمت کے لیے کچھ زیادہ پیش بھی نہیں کیا جا سکتا تھا۔ کھانا بہت لذیذ و عمدہ تھا اور میں نے جی بھر کر کھایا۔ بوڑھی عورت مجھے اسی طرح حیرانی کی نگاہ سے دیکھتی رہی جس سے ان نے مجھے پہلی بار ملنے پر دیکھا تھا۔ پھر اچانک وہ بولی، ''مجھے امید ہے کہ آج رات دھند نہیں پڑے گی۔''

دھند۔ 'نیلا جنگل ساحلِ سمندر' اور، گرما کی رات میں دھند! میں نے جواب دیا۔ ''میرے لیے یقیناً کوئی مشکل نہیں ہوگی۔''

میرے جواب سے بوڑھی تھور بیؤرگ کے چہرے پر یوں زخمی وقار ابھر آیا جیسے میں نے اسے ناراض کر دیا تھا۔ ''مقامی لڑکے آدھی رات کو سمندر سے مچھلیاں پکڑنے کے لیے کشتیاں اتاریں گے۔'' وہ قدرے خفگی سے بولی، ''دھند سمندر سے مچھلیاں پکڑنا مشکل کر دیتی ہے، اور پھر کئی دوسری وجوہات بھی تو ہوتی ہیں۔'' اتنا کہتے ہی وہ اداس سی ہو گئی لیکن اس کی نظریں مجھ پر لگی رہیں۔ ایسا لگتا تھا جیسے وہ کوئی معمہ یا پہیلی سلجھانے کی کوشش کر رہی ہو۔

کھانا کھانے کے بعد میں کچھ چہل قدمی کے لیے باہر نکل گیا۔ سورج غروب ہو رہا تھا لیکن موسم گرم اور پُرسکون تھا۔ دو بدو سرکتی ایک نیلی شام لاوا کے کھنگروں کے ڈھیر پر اتر رہی تھی اور ہوا میں سمندری پودینے کی خوشبو پھیلی ہوئی تھی۔ اس طرح ایک اچھا ہونے کا احساس بہت عرصہ پہلے مجھے ہوا تھا۔ یہ تب کی بات ہے جب میں بچہ تھا، قدرت میرے ساتھ تھی اک مہرباں دوست کی طرح۔

لاوا کے کھنگروں کے بیچوں بیچ پگڈنڈی پر ابھی کچھ زیادہ نہیں چلا ہوں گا کہ وہاں میرے اردگرد موجود پرندے خاموش ہو گئے اور پھول جھکے ہوئے تاجوں کی طرح دکھائی دیتے لگے۔ رات ہو گئی تھی۔ روشنی مختلف رنگوں

میں ڈھل رہی تھی۔ لاوا کے ڈھیر ارغوانی رنگ میں رنگے جا چکے تھے اور یہ بڑا ہی منظر بڑا ہی دلفریب اور معتدل لگ رہا تھا۔ لاوا ایک مسحور کن طلسماتی جنگل بن گیا تھا، اور پھر دھند چھا گئی تھی۔

پہلے تو یہ بالکل سپید اور یوں تھی کہ آر پار دیکھا جا سکے، لیکن پھر آہستہ آہستہ یہ رقص کرتی محسوس ہونے لگی۔ اور رات نے مجھ پر اپنا جادو چلایا۔ میرا ذہن احترام سے بھر گیا۔ میں نیلے جنگل ساحل سمندر کے اپنے پرانے خواب میں ڈوب گیا۔

خوابوں اور طلسماتی کہانیوں میں ہر شے ممکن ہوتی ہے۔ لہٰذا میرے لیے حیرانی کی کوئی بات نہیں تھی کہ میں نے اُسے اپنی جانب آتے دیکھا۔ وہ میرے خوابوں سے تعلق رکھتی تھی۔ وہ تخلیق کے طلوع سے یہاں نیلا جنگل ساحلِ سمندر پر میرا انتظار کرتی رہی ہے۔ میں نے اسے سلام کیا اور وہ میری طرف دیکھتے ہوئے مسکرائی۔ ''عصر بخیر'' اس نے کہا، ''میں تمھاری واپسی پر تمھیں خوش آمدید کہتی ہوں،'' وہ بولی۔

اس کی آواز بڑی خوش کن اور جوان تھی۔ میں نے اس سے مصافحہ کرتے ہوئے اسے نظر بھر کر دیکھا۔ اس کی عمر بیس سال کے قریب ہوگی۔ دراز قد، بھوری آنکھیں اور اس کا چہرہ تو بس علی الصبح کھلے گلاب کے تازہ پھول کی مانند۔ اس کے ہونٹ گلابی اور نمناک تھے۔ اس کے سرخ گال اور چمکتی ہوئی آنکھیں، وہ اپنے آپ میں خوشی و مسرت کا مجسمہ دکھائی دے رہی تھے۔ اس نے ایک بھوری چولی اور سرمئی رنگ کی سکرٹ پہنی ہوئی تھی۔ اس کے پیچھے سرخی مائل سفید دھند اور اس میں سے سر نکالتا ہوا لاوے کا مینار ایک خوابی منظر پیش کر رہا تھا۔

''تصور کرو کہ ہمیں سب مقامات چھوڑ کر ایک بار یہیں دوبارہ ملنا تھا۔'' اس نے بڑی آہستگی اور خاموشی سے کہا۔

دوبارہ ملاقات؟ میں نے اس کو پہچان لیا تھا۔ میں اسے پہلے دیکھ چکا تھا۔ اس کا گرمجوشی سے میرے ساتھ مصافحہ کرنا اور اس کے ہاتھوں کا لمس میرے لیے اجنبی نہیں تھا، لیکن وہ کون تھی؟ ہماری ملاقات کہاں ہوئی تھی؟ ایسا بہت پہلے، بہت ہی پہلے کہیں ہوا ہوگا اور ابھی تک وہ بالکل اسی طرح جوان تھی جیسی کہ وہ میرے ذہن میں بہت پہلے سے منقش تھی۔ مجھے وہ بالکل اسی طرح یاد تھی جسے کہ وہ اب میرے سامنے کھڑی دکھائی دے رہی تھی۔

''ہاں، یہ عجیب بات ہے، ہے نا؟'' میں نے تھوڑی سی ہچکچاہٹ کے بعد جواب دیا۔ میں بمشکل اپنی آواز پہچان رہا تھا۔ ''لیکن میں ہمیشہ سے جانتا تھا کہ ہم دوبارہ یہاں ملیں گے۔''

''یہی تو تم نے تب کہا تھا جب تم چلے گئے تھے! ہاں، اب تو مدت ہوئی، اور تم یہ سارا عرصہ بیرون ملک رہے ہو؟''

سارا عرصہ بیرون ملک، او خدایا! میں چودہ سال تک آئس لینڈ میں نہیں رہا ہوں۔

ہم دونوں آہستہ آہستہ چلنے لگے اور ایک دوسرے کے شانہ بشانہ لاوا کی میدان کی طرف بڑھنے لگے۔ راستہ پتھریلا تھا لیکن لڑکی بڑی خوش خرامی سے چل رہی تھی اور محسوس ہوتا تھا وہ بے خودی میں محوِ رقص ہو۔ اس وقت وہ بہت ہی خوبصورت لگ رہی تھی، خوبصورت، اتنی کہ جیسے بہار کا کوئی جنگلی پھول ہو۔

وہ میرے ساتھ بے تکلفی سے باتیں کرنے لگی لیکن کبھی کبھی اس کی آواز میں اداسی بھی شامل ہو جاتی اور بڑبڑاہٹ بھی سنائی دینے لگتی۔ پہلے تو میں صرف آواز سنتا رہا لیکن پھر میں نے اچانک الفاظ سننے پر توجہ دی۔ وہ کہہ رہی تھی، ''تم ہمیشہ کہا کرتے تھے کہ ہم دوبارہ ایک دوسرے سے ملیں گے۔ جہاز جب چلنے والا تھا تم عرشے پر کھڑی بلند آواز میں یہی تو کہہ رہے تھے، 'ہم ایک دوسرے سے دوبارہ ملیں گے!'، شاید تم جانتے ہو کہ تب مجھے یقین ہو گیا تھا کہ تم بہت سنجیدہ ہو اور مجھے اعتبار آ گیا تھا کہ تم میرے پاس ضرور واپس آؤ گے۔''

اس نے اپنی مسکراتی آنکھوں سے مجھے دیکھا جن میں خوشی چھلک رہی تھی۔ میں ابھی تک اسی سوچ میں تھا کہ ہم دونوں کہاں ملے تھے اور یہ کیسے ممکن ہو سکتا ہے کہ میں اسے بھول چکا تھا؟

''کیا تمھیں یاد ہے وہ آخری رات جب ہم یہاں اکٹھے لاوا میں سے گزر رہے تھے؟'' اس نے سرگوشی کی۔ اس کی آواز بڑی رومانوی اور بڑی دھیمی تھی۔

میں نے وہی جواب دیا جو مجھے دینا تھا، ''ہاں، مجھے یہ اچھی طرح یاد ہے۔'' میں نے یاد کیا لیکن یہ کیسے ممکن ہوا؟ یہ کم سے کم چودہ سال پہلے ہوا ہو گا لیکن اس وقت اس کی عمر بمشکل سات سال ہو گی اور پھر میں تو کبھی لاوا پر چلا ہی نہیں اور نہ ہی کبھی اس سے گزرا ہوں۔

''تب بھی کچھ دھندسی تھی''، اس نے بات جاری رکھی۔ ''تم نے مجھے بتایا تھا کہ تم 'نیلا جنگل ساحلِ سمندر' پر آنا چاہتے تھے، زندگی بھر کے لیے۔ تم نے کہا تھا کہ تم ہمیشہ سے جانتے تھے کہ یہاں کوئی تمھارا انتظار کرتا ہو گا۔''

کیا یہ ممکن ہے کہ میں کبھی یہاں ہوں اور اب اسے یکسر بھول چکا ہوں؟ نہیں، یہ یکسر ناقابل تصور تھا۔

''میں تمھارا اور صرف تمھارا ہی انتظار کرتی رہی ہوں!'' اس نے کہا۔ ''میرا محبوب دور کہیں سے آنے والا ہے۔ میں سترہ سال کی تھی جب تم آئے تھے اور میں تمھیں آج بھی بتا سکتی ہوں کہ تم سے کتنا پیار کرتی تھی! یاد ہے جب تم نے کہا تھا کہ تمھیں بھوری آنکھیں پسند ہیں؟''

یہ درست نہیں ہو سکتا تھا، کیوں کہ مجھے تو بھوری آنکھوں سے کبھی کوئی رغبت و انسیت ہی نہیں رہی تھی لیکن مجھے یہ یاد ہے کہ میں نے ایسا کسی وقت کہا تھا۔

''تم نے کبھی مجھے کوئی خط کیوں نہ لکھا؟'' میں نے مخمصے سے باہر نکلنے کے لیے پوچھا۔

اس نے مجھے حیرت سے دیکھا۔ ''میں ایسا کیسے کر سکتی تھی؟ مجھے تو معلوم ہی نہیں تھا کہ تم کہاں ہو اور پھر ہم اس پر بھی تو متفق تھے کہ ہم ایک دوسرے کو خط نہیں لکھیں گے، میرے لیے تو بس انتظار کرنے کے سوا کچھ بھی نہیں تھا، ایک امید ایک آس کہ تم یہاں واپس آؤ گے، میں ہر شام جب بھی اچھا موسم ہوتا، دل میں یہی امید لیے یہاں لاوا پر چلتی رہتی، اور میں اس چٹان کے قریب کھڑی رہتی جہاں ہم نے اپنے اپنے نام کا پہلا پہلا حرف کندہ کیا تھا۔ میں گھنٹوں کھڑی انھیں دیکھتی رہتی تھی۔ ہم یہاں ہمیشہ ہمیشہ کے لیے اکٹھے ہو گئے ہیں، تمھیں یاد ہے جب تم نے اپنے نام کا پہلا حرف چٹان پر کھودا تھا تو تم نے یہی کہا تھا؟ اسی رات میں نے پہلی بار تمھیں چوما تھا!''

میں نے چکر سا محسوس کیا اور میرے دل کی دھڑکن تیز ہوگئی۔ لاوا کی ایک بہت بڑی سِل جس پر دو ناموں کے پہلے حرف کندہ تھے، میری یادداشت میں یہ سب جل چکا تھا، اب مجھے سب کچھ یاد آ گیا تھا، لیکن یہ کب ہوا تھا؟ کیا کوئی اپنی ہی زندگی کے ایک اہم باب کو یوں فراموش کر سکتا ہے؟ نہیں یہ بالکل ناممکن تھا: یہ شاید کوئی خواب تھا!

''تم نے تب کہا تھا کہ دنیا کی کوئی شے ہمیں ایک دوسرے سے کبھی جدا نہیں کر سکے گی، نہ فاصلہ اور نہ ہی وقت! تم ہر وقت میرے خیالوں میں رہے ہو اور، میں ہر وقت تمھیں پکارتی رہی ہوں، تمھیں گھر آنے کے لیے بلاتی رہی ہوں، گھر، ہمارا گھر، نیلا جنگل ساحلِ سمندر!''

میں نے دیکھا کہ اس کی آنکھیں آنسوؤں سے بھیگی ہوئی تھی، میں اسے ہر طرح سے تسلی دینا چاہتا تھا، آرام مہیا کرنا چاہتا تھا لیکن اس کا نام کیا تھا؟ اور لاوا کی سِل پر کون سے حروف کندہ تھے؟

اس نے جیسے میرا ذہن پڑھ لیا تھا، ''کبھی کبھی میں سنتی تھی کہ تم میرا نام پکار رہے ہو۔ تم ہمیشہ مجھے راگنھیلڈ رکہہ کر بلایا کرتے تھے، یاد ہے نا؟ تم مجھے میرے اس مختصر نام سے بلانا پسند نہیں کرتے تھے جس سے دوسرے مجھے بلاتے تھے۔''

راگنھیلڈ ر؟ نہیں یہ ٹھیک نام نہیں تھا۔ نیلا جنگل ساحل سمندر پر میرے خوابوں کی لڑکی کا کوئی اور نام ہوگا۔ میں رک گیا اور پوچھا کہ ''کیا تمھیں یاد ہے کہ تم کس نام سے مجھے بلاتی تھی؟''

اس نے مجھے گھور کر دیکھا۔ ''کیا یہ تم ہی نہیں ہو؟'' اس نے پوچھا۔ اس کی آواز میں حیرانی اور خوف کی آمیزش تھی۔

اس جگہ پر خوفزدہ لڑکی کی آواز سے مجھے ایک جھٹکا لگا اور سارا طلسم شب ٹوٹ گیا۔ میں ایک نامعلوم جگہ پر ایک لڑکی کے ساتھ دھند میں کھڑا تھا جسے میں نے پہلے کبھی دیکھا ہی نہیں تھا۔ مجھے اس کی آنکھوں میں اضطراب نظر آرہا تھا۔ میں محسوس کر رہا تھا کہ یقیناً اسے کوئی بڑی غلط فہمی ہوئی ہے اور وہ مجھے کسی اور سے ملا رہی ہے۔ میں اس کی ہر ممکن مدد کرنا اور اسے دوبارہ خوش کرنا چاہتا تھا۔

وہ اچانک مسکرائی، اس کا چہرہ خوشی سے تمتما رہا تھا۔ ''اوہ، کس طرح ہو بہو بالکل تمھاری طرح،'' وہ بولی۔ ''تم ہمیشہ ایسے ہی تھے، ہمیشہ مجھے تنگ کرنے اور چڑھانے والے۔ شرم کرو!''

اب ہم دونوں پیچھے مُڑے اور آہستہ آہستہ گاؤں کی جانب چلنے لگے۔

''میں یہ بھول چکا ہوں کہ لاوے کی چٹان پر ہم میں سے کس کے نام کا پہلا حرف پہلے کندہ ہے۔'' میں نے اتفاقیہ پوچھا۔

''میرا، اور تم کیا سمجھتے ہو!''، وہ ہنسی۔ ''ہمیں کل وہاں چلنا چاہیے اور دیکھنا چاہیے، وہاں پہلے 'آر' اور پھر وہاں۔۔۔''

میں دنگ رہ گیا کہ اس نے میرے نام کے پہلے حرف کا ذکر کیا تھا لیکن پھر میں جلد ہی اپنے ہوش میں آ

گیا۔ میں جانتا تھا کہ یقیناً یہ کوئی بڑی غلط فہمی ہی ہے۔ لاوے کی سِل اور اس پر کندہ دو ناموں کے الگ الگ پہلا پہلا حرف؛ مجھے صاف یاد تھا کہ ایسا کافی عرصہ پہلے ہوا تھا، لیکن کہاں؟

جوں ہی ہم گاؤں کے قریب پہنچے، وہ خاموش ہوگئی۔ وہ ایک جگہ کھڑی ہوگئی اور کچھ جھجکتے ہوئے میرا ہاتھ پکڑ لیا۔

''پہلے تم جاؤ، بالکل اسی طرح جیسے تم جایا کرتے تھے۔ اب یہ کوئی ڈھکی چھپی بات نہیں رہی، جلد ہی ہر ایک کو معلوم ہو ہی جائے گا۔ میں چاہتی ہوں کہ آج کی شب، صرف آج کی شب ہر ایک شے بالکل ویسی ہی ہو جیسی پہلے ہوا کرتی تھی۔''

اس نے میرے ہاتھ کو اپنے دونوں میں لے لیا اور مجھے چوما۔

''شب بخیر، ڈارلنگ،'' اس نے سرگوشی کی۔ اس کی آواز مجھے کسی بہتی ندیا کی یاد دلا رہی تھی۔

میں نے جب اپنے آپ کو سنبھالا تو وہ لاوا کی سِلوں کے بیچوں بیچ اُگے پھولوں میں غائب ہو رہی تھی۔ اس کی گردن قدرے جھکی ہوئی تھی لیکن پتھریلی راہ پر اس کی چال ایک رقص کی طرح تھی۔

میں جب فارم ہاؤس کے پھاٹک پر پہنچا تو بوڑھی تھور بیوُرگ باہر موجود تھی۔ میں شاید کچھ عجیب دکھائی دے رہا ہوں گا، تبھی تو وہ مجھے سوالیہ نگاہوں سے دیکھ رہی تھی۔

''دھند پڑی تھی،'' وہ بولی، ''مجھے ڈر تھا کہ تم کہیں لاوے میں گم نہ ہو جاؤ۔''

''میرے خیال میں اس سے کچھ زیادہ دور نہیں تھا،'' میں نے کہا، ''اور مجھے پوری طرح یہ یقین بھی نہیں کہ میں کسی لڑکی سے ملا ہوں۔''

''میں نے بھی سوچا تھا،'' بوڑھی تھور بیوُرگ بولی۔ اس کے چہرے سے اداسی ظاہر ہو رہی تھی۔ ''اس غریب لڑکی نے شاید یہی سوچا ہو کہ تم اس کے شاید وہی بوائے فرینڈ ہو جس کے لیے وہ ہمیشہ سے منتظر رہی ہے۔ یہ بہت ہی غیر معمولی بات ہے کہ تم اس کے بوائے فرینڈ سے ہو بہو مشابہت رکھتے ہو!''

''وہ لڑکی کون ہے؟'' میں نے خاموشی سے پوچھا۔

''اس کا نام راگنھیڈ رہے۔ وہ بوڑھے سولوی کشتی ساز کی بیٹی ہے۔ وہ ایک نوجوان مرد سے محبت کرنے لگی تھی جو کئی سال پہلے یہاں موسم گرما میں رہ چکا ہے، لیکن پھر وہ بیرون ملک چلا گیا اور اسی سال وہیں کہیں مر گیا۔ اس لڑکی کو جب یہ خبر ملی تو وہ اسی طرح کی ہوگئی جیسے وہ اب دکھائی دیتی ہے۔ تب سے وہ کبھی اپنے آپ میں نہیں رہی۔''

اگلی صبح میں گاؤں سے روانہ ہو گیا۔ میں اپنی زندگی میں دوبارہ کبھی وہاں نہیں جاؤں گا لیکن ایک بات میں اب یقینی طور پر جانتا ہوں اور ہمیشہ یاد رکھوں گا کہ کوئی ہے جو نیلا جنگل ساحل سمندر پر میرا منتظر ہے۔

www.ingramcontent.com/pod-product-compliance
Lightning Source LLC
LaVergne TN
LVHW062035051026
849518LV00013B/1152